KB272373

일상이 명상이다

일상이 명상이다

생활 속에서 실천하는 가장 쉬운 마음 챙김

초 판 1쇄 2026년 03월 24일

지은이 신계숙
펴낸이 류종렬

펴낸곳 미다스북스
본부장 임종익
편집장 이다경, 김가영
디자인 윤영빈, 윤가희, 임인영
책임진행 김은진, 이예나, 안채원, 국소리, 송가희

등록 2001년 3월 21일 제2001-000040호
주소 서울시 마포구 양화로 133 서교타워 711호, 808호
전화 02) 322-7802~3
팩스 02) 6007-1845
블로그 http://blog.naver.com/midasbooks
전자주소 midasbooks@hanmail.net
페이스북 https://www.facebook.com/midasbooks425
인스타그램 https://www.instagram.com/midasbooks

© 신계숙, 미다스북스 2026, *Printed in Korea*.

ISBN 979-11-7355-752-1 03810

값 18,000원

미다스북스는 다음세대에게 필요한 지혜와 교양을 생각합니다.

일상이 명상이다

신계숙 지음

생활 속에서 실천하는 가장 쉬운 마음챙김

걷고, 먹고, 숨 쉬며 배우는 명상 안내서

미다스북스

우리는 더 나은 내일을 위해, 더 안정된 삶을 위해, 조금 더 인정받기 위해 오늘도 서두르며 살아갑니다. 그렇게 바쁘게 살다 보니 '행복'은 자꾸만 한 걸음 뒤로 밀려나 있습니다. 너무도 평범한 행복의 얼굴을 알아보지 못한 채 말입니다.

명상이라고 하면 많은 사람이 나와는 먼 이야기라고 말합니다. 특별한 사람이 조용한 곳에 앉아 가부좌를 틀고 애써야만 가능한 일이라고 생각합니다. 저 또한 그렇게 믿었던 사람 중 하나였습니다. 그러던 어느 날, 명상을 공부하다 문득 이런 깨달음이 찾아왔습니다.

'일상의 순간이 다 명상이었구나! 명상은 특별한 사람이 하는 게 아니라, 보통의 우리가 일상에서 하는 것이었구나!'

출근길 지하철 안에서 잠시 숨을 고르는 순간, 설거지하며 물소리를

일상이 명상이다

듣는 순간, 길을 걷다 잠시 멈추는 순간, 문득 주위의 풍경이 낯설어 보이는 순간, 이른 아침 커피 향이 코끝을 스치는 순간, 하루를 마무리하며 노을을 바라보는 순간 그 모든 찰나가 이미 완벽한 명상이었습니다. 우리는 벌써 시간이 꽃피는 많은 순간을 살아왔습니다. 다만 그동안, 알아차리지 못했을 뿐입니다.

명상하기 위해 굳이 조용한 곳을 찾아가지 않아도 됩니다. 특별한 시간을 따로 내지 않아도 괜찮습니다. 숨 쉬고 있는 지금, 이 자리면 충분합니다. 명상은 특별해지기 위해 애쓰는 일이 아닙니다. 이미 현재로서 충분하다는 사실을 발견해 가는 과정입니다. 명상은 삶을 멈춰 서는 것이 아닙니다. 삶 속으로 한 걸음 더 깊이 들어가는 여정입니다. 이제야 알게 된 보통 사람의 명상을 많은 사람과 이 책을 통해 나누고자 합니다.

『일상이 명상이다』 이 책은 복잡한 이론이나 어려운 수행법을 말하지 않습니다. 대신 오늘 하루를 살아가면서 자연스럽게 할 수 있는 명상을 이야기합니다. 명상이 어렵거나 딱딱할 필요는 없습니다. 조금은 아름다운 명상을 해도 괜찮을 것 같습니다. 숨을 알아차리는 법, 천천히 걷는 법, 화가 올라올 때 나를 돌보는 법, 신호등 앞에서 잠시 멈추는 법, 길을 걷다 이유 없이 하늘을 올려다보는 법처럼 아주 사소한 순간을 소중히 여기는 방법 등을 이야기합니다.

우리의 삶은 이미 매우 바쁘고 고단합니다. 하여 명상을 위해 힘겨운 삶에 더 많은 것을 요구하지 않습니다. 이미 살아 내는 일상 안에서 쉼과 알아차림을 함께 연습하고자 합니다.

어쩌면 당신은 이 책을 덮는 순간, 겉으로는 아무것도 달라지지 않을지도 모릅니다. 명상은 하루아침에 변하는 것이 아닙니다. 천천히 내 삶에 스며드는 것입니다. 기분 좋게 나도 모르는 사이 스며드는 것입니다. 이 책을 읽다 잠시 눈을 감게 된다면, 명상의 시작은 그것으로 충분합니다. 길을 걷다가 한 번쯤 멈춰 서서 하늘을 바라보게 된다면, 당신은 이미 명상에 한 발을 들여놓은 것입니다.

명상은 먼 곳에 있는 것이 아닙니다. 특별한 것도 아닙니다.

그래서 이 책은 말합니다.

"당신의 일상이 곧 명상입니다!"

"당신의 하루가 모두 명상입니다!"

알아차리는 이 순간, 당신의 시간은 이미 명상으로 꽃피고 있습니다.

2026년 3월

들꽃향기 신계숙

목차

1장

멈춤, 마음을 비우는 시간

잠시 멈춘다는 것은 아무것도 하지 않는다는 뜻이 아니다.

나를 비우는 시간이다.

비운다는 것은 버리는 일이 아니다.

공간을 넓히는 일이다.

멈추고, 비울 때 삶은 다시 숨쉬기 시작한다.

1

명상이란 무엇일까?

　　명상은 잠시 욕구와 생각을 덜 하게 하려는 의도적 활동이다. 사람은 무엇인가를 생각하지 않으려고 하면 생각이 더 난다. 손바닥에 올려 있는 레몬을 생각해 보라. 아마도 벌써 입에 침이 고일 것이다. 사람에 관한 생각은 더 그렇다. 어떤 사람을 생각하지 않으려고 다짐하면 그 사람 생각이 더 난다. 그 사람이 미워하는 사람이어도 말이다. 내 의지대로 생각하지 않는다는 것은 매우 어려운 일이다.

　　명상(瞑想)은 한자로 눈감을 명(瞑)이나 어두울 명(冥)을 쓴다. 상은 생각할 상(想)을 쓴다. 상(想)은 모습 상(相) 아래 마음(心)이 있다. 즉, 마음에 떠오르는 모든 것이 생각이라는 말이다. 명상의 뜻을 한자 그대로 해석하면 '조용히 눈을 감고 생각함, 어둡게 하고 생각한다.'라고 말할 수 있다. 또한 다른 뜻으로는 다음과 같이 말하기도 한다.

‘욕구와 분별을 최소한으로 적게 하고 또렷이 깨어 있는 것’
‘생각을 적게 하고 욕구 없이 깨어 있는 것’
“싫다, 좋다, 그저 그렇다.’라고 판단하는 마음 없이 깨어 있는 것’
‘욕심과 생각을 잠시 멈춘 휴식 상태’

또 동양에서는 명상을 성성적적(惺惺寂寂)한 상태라고 말한다. 즉, ‘고요한 침묵 가운데 또렷이 깨어 있는 상태’를 말한다. 하지만 사람은 명상한다면서 성성성성(惺惺惺惺)하여 마음에 이런저런 잡념으로 가득 찬다. 또한 적적적적(寂寂寂寂)하여 차분한데 졸고 있는 상태가 되기 쉽다.

명상은 기능 면에서 보면 마음을 쉬고, 들여다보고, 긍정적으로 잘 쓰는 수행법이다. 지금은 많은 사람이 ‘명상’하면 마음 챙김 명상을 먼저 떠올린다. 하지만 ‘명상’과 ‘마음 챙김’은 의미가 조금은 다르다. ‘명상’만 놓고 보면 ‘마음이 쉬는 시간’이라는 뜻을 지니고 있다. ‘마음 챙김’은 원래 불교의 수련 방법의 하나였다. 마음 챙김은 마음을 보는 시간이다. 명상과 마음 챙김이 만나서 ‘마음 챙김 명상’이 된 것이다.

명상은 몰려오는 잡념과 무엇을 하려는 행위를 잠시 멈추고 쉬는 것이다. 명상하는 동안 걱정, 불안을 내려놓는다고 해서 어디로 가는 것은 아니다. 다만 안고 있지 말고 잠시 내려놓고, 마음을 챙겨 보라는 말이다. 즉 판단, 욕구, 생각을 내려놓고 있는 그대로 바라본다. 내 몸에서 느껴지는 감각을 그대로 알아차린다. 또한 마음에서 일어나는 복잡한 생각, 감정 등을 관찰자의 시선으로 본다. 마치 다른 사람을 보듯 객관적으로 보라는 것이다.

'잠시 휴식을 취한다.'라는 생각으로 모든 걸 내려놓는다. 그러면 내 몸에서 일어나는 감각이 느껴지기 시작한다. 욕구와 갖가지 생각으로 꽉 찬 머리에는 감각이 비집고 들어갈 틈이 없다. 머리에 여유 공간이 없다는 말이다. 머릿속 생각을 몸의 감각으로 주위를 돌리면 줄어들 수밖에 없다. 사람의 채널은 하나다. 한 번에 두 가지를 잘할 수 없는 뇌 구조로 되어 있다. 걸어갈 때는 걸음에 집중하는 것이 맞다. 휴식을 취할 때는 그냥 쉬는 것이 당연하다. 하지만 우리는 그 간단한 것도 잘하지 못하고 산다. 이것 하면서 저것을 생각하고 먹으면서 다음 할 일을 생각한다. 너무도 마음에 여유가 없이 살고 있다.

사람들은 지나간 일도 자꾸 생각하면서 그때처럼 감정을 생생하게 느낀다. 특히 불안하거나 짜증이 나던 사건의 감정을 계속 그대로 느끼는 것이다. 당연히 몸에 좋지 않은 호르몬이 나올 수밖에 없다. 감정에 부정적인 생각은 좋은 먹잇감과 같다. 감정은 생각에 생각을 더할 때 점점 그 몸집이 커지고 왜곡된다. 생각을 지금, 현재 감각으로 돌리고 먹이를 주지 않으면 생각은 저절로 작아진다.

우리는 몸이 알아서 하는 자동 조정장치 덕분에 적은 주의만으로도 충분히 행동할 수 있다. 숨을 쉰다든지 걷기, 먹기, 이 닦기, 숟가락질,

운전 등은 특별히 신경을 쓰지 않아도 잘하고 산다. 몸이 너무도 익숙해서 집중하지 않아도 스스로 알아서 해 준다. 즉 몸은 움직이면서 다른 생각을 해도 별로 지장을 받지 않는다는 말이다. 주위를 적게 기울여도 행동할 수 있으니까 남는 공간에 잡념이 끼어들기가 쉽다. 따라서 지나고 나면 무엇을 먹었는지, 어떻게 걸었는지, 운전하면서 무엇을 보면서 집에 왔는지 모르게 된다. 몸은 여기에 있었으나 생각은 다른 곳을 떠돌다 왔으니 말이다.

명상은 평소에 원숭이처럼 날뛰는 생각과 욕망을 멈추는 훈련이다. 사람들은 눈에 보이지도 않으면서 마음대로 되지 않는 마음 때문에 끙끙거린다. 그럼, 왜? 내 마음은 내 몸에 있는데 자유롭게 움직여 주지 않는 것일까? 머리에 잡념들이 꽉 차버리면 내 마음도 내 것이 아니다. 내가 주인이 아니라 잡념이 주인이 되는 것이다. 너무도 많은 잡념으로 생각은 힘을 잃는다. 주인이 많아서 내 마음인데 내 말을 듣지 않게 되는 것이다.

몸과 마음이 함께 있지 못 하면 결국 따로 놀고 있는 것이나 마찬가지다. 몸은 주인을 잃고 마음은 주인을 떠나 천 리를 헤매고 다닌다. 이때 몸에서 무슨 일이 일어나는지 마음은 알지 못한다. 반쪽짜리 마음이 행복할 리 없다. 행복하면 우리 몸은 바로 반응을 보낸다. 사람마다 다르겠지만 웃음이 비실비실 나온다든지 마음이 간질간질한 느낌을 받는다.

하지만 생각이 딴 곳에 가 있으면 몸과 마음이 제대로 반응하는 일은 일어나지 않는다.

현재 없는 미래는 없다. 과거는 지나간 일이라 되돌릴 수 없다. 많은 사람이 불행한 지난 일을 생각하거나 실체가 없는 미래를 생각하느라 불안해한다. 생각을 오직 한곳에 집중했을 때 강력한 에너지가 나온다. 명상 수련은 일상생활에서 쓸데없는 생각과 관심을 멈추는 훈련이다. 명상은 애를 쓴다고 잘되는 것은 아니다. 무엇인가를 끊임없이 하려는 '행위 양식'에서 그냥 존재 자체로 힘을 뺄 때 가능해진다.

명상하기 위해 조용하고 한적한 곳을 찾아갈 필요는 없다. 지금 여기에서 내 몸과 마음을 관찰하는 것이 명상이다. 명상은 떠돌아다니는 마음을 내 몸에 돌아오게 하는 좋은 방법이다. 몸과 마음이 한곳에 머무를 때 우리는 편안함을 느낀다. 명상은 특별한 것이 아니며 지금, 여기에서 할 수 있는 최고의 선물이다. 오늘이 행복해야 내일도 기쁘게 살 수 있다. 우리가 살아가는 일상이 명상이다. 오늘을 행복하게 잘 사는 것이 명상이다.

비운다는 것은 버리는 일이 아니다

우리는 하루를 살아가는데 왜? 이리 많은 일을 겪고 살아야 하는 걸까? 세상이 내 맘대로 되는 것도 아니고 그러다 보니 너나없이 스트레스가 쌓인다고 말한다. 원래 '스트레스'라는 말은 그렇게 부정적인 말은 아니었다. 우리는 긍정적인 상황에서도 스트레스를 받는다. 긍정적이든 부정적이든 삶에 대한 반응이 스트레스이다. 하지만 우리는 부정적인 일에 스트레스라는 말을 많이 사용한다. 그러다 보니 이제는 '스트레스'라는 말만 들어도 '스트레스'를 받는 지경에 이르렀다. 살아가면서 어차피 좋든 싫든 받아야 하는 스트레스라면 좀 덜 받고 살면 좋지 않을까? 그렇게 되려면 일단은 부정적으로 보는 시각부터 긍정적으로 바꾸어야 한다. 하지만 보이지도 않고 형체도 없는 마음을 어떻게 바꾸라는 말일까?

사람들은 나름대로 자신의 스트레스를 풀면서 산다. 어떻게든 자꾸 쌓이는 부정적 감정은 비워야 살 수 있기 때문이다. 유명한 사람들이 어떻게 스트레스를 푸는지 소개한 동영상이 있다. 정말 나름대로 자신에게 맞는 방법으로 스트레스를 열심히 풀고 있었다. 어떻게든 풀고 마음을 비워야 우리는 또 살아갈 수 있기 때문이다. 그 방법들이 참으로 다양하다.

미국의 마이크로소프트 설립자 빌 게이츠는 설거지를 가족이 하지 못하게 쌓아 놓고 저녁에 '설거지 명상'을 즐겼다고 한다. 또 유명한 독일의 철학자 칸트는 오후 3시 30분에 마을을 산책하면서 스트레스를 풀었다고 한다. 마을 사람들이 칸트가 산책하는 것을 보고 정확한 시간을 알 수 있었을 정도였다고 한다. 아마존 CEO 제프 베이조스는 "스트레스란 자신이 통제할 수 있는 것에 대해 행동을 취하지 않은 데서 온다."라고 말했다. 스트레스도 적극적으로 푸는 행동이 필요하다는 말이다. 바로바로 자신이 할 수 있는 행동을 취하라는 메시지다. 좋지 않은 상황에서 무엇인가 하고 있다는 사실만으로도 스트레스는 줄일 수 있다는 것이다.

또 스퀘어 창업자인 잭 도시는 자신의 일상을 덜 복잡하게 단순화했다. 해야 할 것과 하지 말아야 할 것을 명확하게 구분함으로써 불필요하게 받는 스트레스를 예방했다. 애플의 CEO 스티브 잡스는 검정 티에 청바지를 입고 다니기로 유명하다. 또 미국의 물리학자 아인슈타인은 매번 회색 양복을 입어서 필요 없는 선택에서 오는 스트레스를 줄였다. 미국의 방송인 오프라 윈프리는 욕실에서 스트레스를 풀었다. 욕실에 들어가 내면의 작은 공간이 느껴질 때까지 눈을 감고 깊은숨을 쉬었다고 한다. 이런 시간이 무엇인가를 내려놓고 자신에게 집중하는 휴식의 시간이 아니었을까?

명상하다 보면 잡념이 조금씩 줄어드는 것을 알 수 있다. 처음 명상할 때 시간을 맞춰놓고 명상한 다음 어떤 잡념이 들었는지 적어 보는 연습을 했었다. 정말 알아차려 보니 짧은 시간에도 많은 생각들이 들어 왔다 나가는 것을 알 수 있었다. 어떨 때는 몸은 여기에 있는데 생각을 좇아서 멀리 떠돌고 있었다. 삶을 조금은 단순화시키는 방법도 잡념을 줄이는 방법이 될 것 같다. 사람들이 자신을 비우고 알아차리는 시간으로 명상하는 경우가 많다. 명상하든 산책이나 음악을 듣든 자신을 비우는 일을 열심히 하여야 한다. 그래야 마음의 공간이 생겨서 또 살아갈 힘이 생기기 때문이다.

우리는 무엇을 할 때 이미 마음은 다음을 생각한다. 손 따로 마음 따로 논다. 우리 뇌가 싫어하는 것 중 하나가 이것저것 한꺼번에 떠올리며 허둥대는 것이라고 한다. 저녁 시간 주부들은 해야 할 일이 많아서 동동거린다. 여자들이 남자들과 비교하면 치매 환자가 많다는 말이 이해가 간다.

많은 사람이 명상하면 비우라고 했는데 어떻게 비우냐고 묻는다. 여러 가지 감정으로 힘든 하루를 자신만의 방법으로 돌보라는 말이다. 감정은 그때그때 비우지 않으면 마음에 쌓여서 언젠가는 그 모습을 드러내게 된다. 또한 자신도 모르게 무의식에 저장이 되었다가 비슷한 상황에 존재를 드러내게 된다. 살아가면서 비우는 일도 채우는 일만큼 중요하다. 비운다는 것은 버리는 일이 아니라, 공간을 넓히는 일이다. 명상은 고상하게 앉아서만 하는 것이 아니다. 길을 걸어가면서, 먹으면서, 설거지하면서도 할 수 있다. 오늘부터 일상에서 나에게 맞는 방법으로 나를 비워보자. 일상이 명상이다. 몸도 마음도 가벼워진 나와 만날 수 있을 것이다.

3

남의 떡은 원래 커 보인다

같은 상황에서 다른 사람의 것이 내 것보다 크고 좋아 보이는 경우를 누구나 경험한 적이 있을 것이다. '남의 떡은 커 보인다.'라는 옛말도 있다. 하지만 커 보이는 남의 떡은 말 그대로 남의 떡일 뿐, 그림의 떡이다. 하지만 그 사실을 사람들은 모르고 산다. 내 손에 있는 떡이 진짜이고 더 맛나다는 사실도 알아차리지 못한다. 그뿐인가? 하는 일마다 나는 되는 일이 하나도 없고 그 흔한 연애도 잘되지 않는다고 투덜거린다. 우울한 날이 많고 '나는 왜? 이리 못나게 태어났을까?' 자신을 한탄하기까지 한다. 살다 보면 불행은 여럿이 함께 오는 경우가 종종 있다. 일들이 꼬이고 기분이 좋지 않은 날이 계속된다. 화를 참지 못해 돌부리를 찼는데 발가락이 골절되는 경우처럼 말이다.

나도 젊었을 때는 다른 사람의 떡을 바라보고 감탄만 하던 시절이 있었다. 그렇다 보니 사는 게 행복하지 않고 힘들었다. '나는 왜 멋진 삶을 살지 못하고 그렇고 그런 삶을 살고 있을까? 나의 미래는 있기나 한 걸까?'라는 생각에 괴로웠다. 삶이 고통 자체였다. 자꾸 남의 몫의 행복에 괜한 질투를 하면서 살았다. 행복은 양이 정해져 있는 한정판이 아닌데 말이다. 20세기 미국의 작가 제임스 오펜하임은 "어리석은 자는 멀리서 행복을 찾고, 현명한 자는 자신의 발치에 행복을 키워간다."라고 말했다. 모든 건 내 안에 마련되어 있는데 밖에서 찾고 다녔다는 말이다.

마흔이 되어서 나를 찾게 되었다. 그 마흔의 깨달음이 있기까지 참으로 먼 길을 돌고 돌아서 외로운 길을 걸어야만 했다. 다른 사람은 다른 사람이고 나와 비교할 필요가 없다. 장미꽃은 장미꽃이고 민들레는 민들레꽃이다. 장미가 민들레가 될 수 없듯이 민들레 또한 장미가 될 수 없다. 모두 자신만의 향기와 모습을 가지고 있기 때문이다. 고유한 특성을 가진 사람이 '나'라는 존재인 것을 뒤늦게 알아차리게 되었다. 비로소 나를 들여다보니 그대로의 나도 많은 것을 가지고 있었다. 내가 보이니까 남과 비교할 필요가 없었다. 다른 사람의 큰 떡도 '멋지구나!' 하고 인정하게 되었다. 그랬더니 놀라운 일이 벌어졌다. 나는 그대로 예전에 나인데 삶 자체가 행복해졌다. 성실하게 살다 보니 노력한 만큼 나에게 돌아오는 대가도 있었다. 나에 대한 믿음이 생기기 시작했다. 또한 미래가 아닌 현재에서 작은 것에 행복을 느끼는 내가 될 수 있었다.

사람은 잘 변화되지 않는다는 말을 주위에서 자주 듣는다. 사람이 생각을 바꾼다는 것은 매우 힘든 일이다. 이미 어려서부터 우리는 풍요롭지 못한 가정에서 자란 사람이 많다. 당연히 무의식에는 풍요보다는 결핍이 자리 잡고 있을 것이다. 또한 '오르지 못할 나무는 쳐다보지도 말라'라고 주어진 환경에 순응하며 사는 것을 일찌감치 배웠다. 하여 높은 이상을 꿈꾸지 못하고 가난을 대물림하는 삶을 살았다. 우리의 행동을 좌지우지하는 것은 95%의 무의식이다. 자연적으로 무의식 안에 있는 결핍에 자꾸 초점을 맞추고 행동하게 된다. 하기도 전에 안 되는 것을 먼저 생각하고 해 보지도 않고 포기하게 된다. 정작 능력 있는 자신을 바라보지 못하고 다른 사람의 큰 떡만 바라보며 불행하게 살게 된다.

스위스의 심리학자인 융은 우리가 인지하는 의식은 '거대한 바다에 떠 있는 빙산의 일각에 불과하다.'라고 했다. 또한 미국의 프라딥 박사는 『바잉브레인』이라는 저서에서 "사람의 뇌는 95%의 잠재의식으로 처리된다."라고 말하고 있다. 우리는 겨우 바다 위로 보이는 5%의 의식이 전부라고 생각하고 산다. 하지만 바다 밑에는 거대한 95%의 무의식이 도사리고 있다. 그 무의식이 무엇으로 채워져 있느냐에 따라 행동도 달라진다. 무의식은 잘 의식되지 않는 사이 빠르게 영향을 미친다. 하지만 뇌는 부정적, 긍정적 생각 가리지 않고 도와줄 준비를 한다. 안 된다고 징징거리기 전에 왜 그동안 그런 결과가 왔는지 나를 돌아보는 시간이 필요할 것 같다.

"무의식을 의식화하지 않으면 무의식이 우리 삶의 방향을 결정하게 되는데 우리는 바로 이것을 두고 '운명'이라고 부른다."

-칼 융-

정말 멋진 말 아닌가? 운명도 결국은 자신이 만든다는 말이다. 조금만 주의를 기울이면 무의식도 알아차릴 수 있다. 나를 제대로 알아가는 시간이 필요하다.

남의 떡은 그냥 말 그대로 남의 떡이다. 작든 찌그러졌든 내 손에 있는 떡이 내 떡이다. 다른 사람의 떡에 눈 돌리지 말고 내 손에 있는 떡에 감사해야 하지 않을까? 내 떡도 다른 사람이 보면 꽤 커 보이는 괜찮은 떡이라는 사실도 잊지 말아야 한다. 알아차려야 변화할 수 있다, 알아차리면 삶이 달라진다. 알아차림은 일상에서 할 수 있다. 일상이 명상이다.

일상이 명상이다

4

'나'는 어디에서 왔을까?
(나는 누구인가? 명상 I)

'나는 누구인가?'라는 의문은 누구나 한 번쯤은 가져 보았을 것이다. 나는 왜? '나'로 태어났을까? 다른 사람으로 태어날 수도 있지 않았을까? 한 번쯤은 심각하게 생각해 보았을 것이다. 또한 나는 어디에서 왔으며 어디로 가는 걸까? 하지만 이런 의구심을 정확하게 아는 사람은 없다. 평범한 우리로는 알 수 없는 수수께끼 같은 물음이다. 그냥 모르는 채 지금의 모습, 성격, 환경이라는 틀에 맞춰 살아가는 사람이 된다.

우리가 나를 말할 때 많이 쓰는 '자신(自身)'의 한자를 살펴보면 스스로 자(自)에 몸 신(身)이다. '자신'은 공간과 시간 속에 자리하는 몸과 관련된 개념이다. '자아(自我)'는 자신이 겪은 경험과 스토리에 관련이 있는 개념이다. 또한 자신의 이야기는 감정과 깊은 관련이 있는 '편도체'와도 연결되어 있다. 진정한 나는 자신일까? 자아일까?

1장 멈춤, 마음을 비우는 시간

『문 다카 우파니샤드』라는 책에는 이런 말이 나온다.

"늘 함께 다니는 정다운 새 두 마리가 같은 나뭇가지에 앉아 있었다. 그 가운데 한 마리는 열매를 따 먹느라고 정신이 없었다. 하지만 다른 한 마리는 아무 집착이 없이 열매를 탐닉하고 있는 친구를 초연하게 바라보고만 있었다. 열매를 탐닉하고 있는 새는 에고이고, 그냥 바라보고만 있는 새는 참 자아이다."

우리 안에 사는 애고도 참 자아도 '나'이다. 우리는 완벽해야 한다고 생각하며 긴장 속에 산다. 인간이 어찌 완벽할 수 있단 말인가? 또한 많은 사람이 타인에게 나를 맞추느라 정작 자신은 돌보지 못하고 산다. 겉으로 드러나는 자신은 그럴듯하게 잘 꾸민다. 하지만 정작 내면의 자신은 무시하고 사는 경우가 많다.

우리는 몸과 마음이 함께 공존하는 존재이다. 또 나는 에너지와 정보와 지혜를 함께 지닌 복합적 존재이다. 사람의 몸은 원자로 형성되어 있다. 원자는 들여다보면 알맹이가 아니다. 원자의 안은 텅 비어 있다. 결국 우리는 아무것도 없는 '공'에서 왔다가 다시 무(無)로 돌아간다는 말이다. 그런 우리가 백 년도 살지 못하면서 많이 가지려고, 잘나려고 남을 밀치며 산다. 그 모습이 진정 '나'라는 말인가? 참 나는 어디에 있는가?

인도의 유명한 정신적 지주였던 라마나 마하리쉬(Ramana Maharshi)는 "뼈와 살로 이루어진 몸은 내가 아니다. 시각·청각·후각·미각·촉각

등의 다섯 가지 감각기관 등도 내가 아니다." 즉 말하고 움직이고, 붙잡고, 배설하고, 생식하는 다섯 가지 운동 기관은 내가 아니라는 말이다. 또 "생각하는 마음도 내가 아니다."라고 말하고 있다. 그렇다면 이 모든 것을 빼 버리면 도대체 나는 어디에 있단 말인가? 라마나 마하리쉬는 내가 아닌 것을 다 빼 버리다 보면 나를 지켜보는 각성(Awareness)만 남는데 이것이 바로 '나'라고 말한다. 육신이 '나'라고 생각하면 무수한 자아가 생긴다. 이 생각이 사라졌을 때 진정한 참 자아만 남는다고 한다. 라마나 마하리쉬는 자기 내면에서 참 자아를 깨달은 사람에게는 더 이상 알 것이 없다고 말했다. 우리의 내면 어디엔가 진정한 참나가 살고 있을 것이다. 그 참 자아를 믿고 생각에 생각을 걷어 내다보면 진정한 나를 만날 수 있지는 않을까?

불교에서는 오온(五蘊)을 사람과 세계를 이루는 기본 요인으로 본다. 즉 오온(五蘊)은 다음의 다섯 가지를 말한다.

1. 색(色, 육체, 물질)

2. 수(受, 감각 느낌)

3. 상(想, 표상, 생각, 인식의 작용)

4. 행(行, 욕구, 의지)

5. 식(識, 마음, 의지, 분별 판단 분석 작용)

자신의 존재를 알기 위한 오온(五蘊)을 명상하라고 한다. 자신은 5가지의 오온의 집합적 요소로 되어 있다고 믿기 때문이다. 우리가 나(我)라고 말할 때는 오온 중의 하나를 말하거나 이 오온의 집합을 말하는 것이다. 하여 이들 5가지 오온 외에는 나(我)라고 부를 수 있는 것은 아무것도 존재하지 않는다고 믿는다. 하지만 '나'에서 오온을 하나씩 분리하면 나는 아무것도 남지 않는다. 내가 나라고 생각하는 것들은 오온이 합쳐진 형상이다. 온 우주의 섭리도 마찬가지이다. 이것이 있으므로 저것이 있고 이것이 없으므로 저것이 없다. 모두 알게 모르게 연결되어 있다. 한낱 나비의 날갯짓이 토네이도를 일으키는 나비효과처럼 말이다. 독립적으로 나라고 우길 아무것도 없다는 말이다.

생각은 오온을 쫓아 일어나고 우리는 그 반응을 따라 무의식적으로 움직이게 된다. 오온 중에 식(識)은 감각이나 생각, 마음에서 분별, 판단을 일으키는 작용을 한다. 오온은 상호작용을 하며 서로에게 영향을 끼치고 있다. 또한 우리는 몸이 경험한 습관을 따라 무의식적 조종을 받는다. 따라서 지금 일어나고 있는 생각이나 의도를 분명히 알아차리는 것이 필요하다. 있는 그대로 객관화하여 알아차리는 명상적 통찰이 필요하다.

담배를 피우며 걸어오는 사람이 뱉은 숨을 내가 들이마신다. 따라서 담배 냄새를 알아차리게 된다. 그 사람과 나는 아무런 연관이 없는 사이다. 또 내가 뱉어낸 숨은 또 다른 누군가 마신다. 우리는 이렇게 연결되어 있다. 냉장고는 어떤가? 우리가 냉장고라고 이름 지었기에 냉장고다. 냉장고를 이루는 물질을 하나하나 분해하면 아무것도 남지 않는다. 우리가 아무것도 없던 것을 모아서 냉장고라고 이름을 붙인 것이다. 사람이 태어날 때 무에서 태어나 무로 돌아가듯 사람이나 물질이나 그 근본은 무(無)이다. 명상 중에 오온을 알아차리면 우주에 속해 있는 티끌 같은 내가 보일지도 모를 일이다.

'나'라고 생각하는 모든 생각의 원천은 마음이란다. 끊임없이 일어났다가 사라지는 생각은 너무도 많아서 혼란스럽다. 마음이 복잡하여 생각이 많으면 생각은 힘을 잃어버린다. 아이러니하게도 생각이 단순해지면 그 힘은 강해진다. 영국의 철학자 길버트 라일(Gilbert Ryle)은 마음이란 주의를 기울이는 행위에서 발생하는 작용이라고 정의를 내렸다. 사람들은 '마음 작용'이 자신에게 있다는 것을 누구나 알고 있다. '마음 작용'이란 거창한 것이 아니라 '주의를 기울이는 것'을 말한다. 그렇다면 이런 마음과 감각을 느끼며 사는 나는 누구인가? 우리 안에는 나도 알지 못하는 또 다른 내가 살고 있다. 어떤 때는 나쁜 마음이 들기도 하고 때로는 착한 마음이 들기도 한다. 또한 기뻤다가 순식간에 슬퍼지기도 한다. 어떤 내가 진정한 나인지 혼란스러울 때가 있다.

'나'는 누구나 행복을 추구한다. 하지만 대다수가 밖에서 행복을 찾는다. 마음이 밖으로 향하는 한 진정한 행복은 얻을 수 없다. 마음이 안으로 향할 때 행복은 온다. '나'의 본질은 행복이다. 사람이 깊은 잠이 들었을 때는 아무것도 필요하지 않다. 누구든 모든 것을 내려놓고 조건 없는 행복감을 누린다. 이렇듯 행복은 거창하지도 않고 밖에 있는 것도 아니다. 우리의 내면에 있다. 그것을 깨닫는다면 밖을 두리번거릴 필요가 없을 것이다. 내가 누구든 나를 잃어버리지 않고 살아가려는 알아차림이 필요하다. 그 알아차림은 일상에서 우리가 잊지 말고 해야 할 과제인지도 모른다. 우리가 살아가는 것 자체가 명상이다. 일상이 명상이다. '내가 누구일까?'라는 의문이 들 때면 나를 들여다보자. 내 안에서 순수한 나를 찾는 명상을 해 보는 것은 어떨까?

- 허리 펴고 고개는 똑바로 앞으로 향합니다.

- 편한 자세로 앉아 눈을 살포시 감습니다.

- 숨을 들이마시고 내쉴 때마다 몸을 이완합니다.

- 세 번 반복하여 복식호흡을 한 다음, 자연스러운 호흡을 합니다.

- 주위에서 들려오는 소리를 알아차려 봅니다.

- 내 안에서 들려오는 소리를 알아차려 봅니다.

- '소리를 알아차리는 나는 누구인가?' 나에게 물어봅니다.

일상이 명상이다

- 지금 느껴지는 오감을 알아차려 봅니다.

- '감각이 느껴지는 나는 누구인가?' 나에게 물어봅니다.

- 지금 떠오르는 생각을 알아차려 봅니다.

- '생각이 일어나는 나는 누구인가?' 나에게 물어봅니다.

- '나는 누구인가?', '나라는 존재는 무엇인가?' 나에게 물어봅니다.

- 대답이 들려도 좋고 대답을 듣지 못해도 좋습니다.

- 대답은 우리가 인식하는 생각일 뿐입니다.

- 생각을 인식하는 존재가 누구인지 다시 알아차려 봅니다.

- 생각을 일으키는 마음을 알아차려 봅니다.

- 아무것도 판단하지 말고 순수한 나를 믿고 가만히 나에게 집중해 봅니다.

- 모든 경험을 인지하고 알아차리는 존재는 또 다른 나의 순수한 존재입니다.

- 모든 것을 놓아 버리고 순수한 존재 안에 머무릅니다.

- 아무것도 이름 짓거나 판단하지 않습니다.

- 그냥 고요함 속에 나에게만 집중합니다.

- 내 안에서 진정한 나를 만납니다.

- '나는 누구인가?', '생각이 일어나는 나는 누구인가?'라는 생각이 들 때마다 순수한
  나에게 집중합니다.

- 생각이 편안해지면 호흡으로 주의를 돌리고 명상을 마무리합니다.

- 천천히 몸을 움직이면서 부드럽게 눈을 뜹니다.

5

가끔은 행복해지고 싶다 (행복 걷기 명상)

베트남 틱낫한 스님의 저서 『틱낫한 명상』에는 바쁘게 직장생활을 하면서 아이를 기르는 어머니의 이야기가 나온다. 아이를 기르다 보니 자신을 위한 시간이 없게 되었다. 언제나 자신을 위한 시간을 갖게 될까? 하루하루 사는 게 힘들고 짜증이 났다. 그러다 아이를 기르면서 깨닫게 된다. 아이와 함께하는 모든 시간을 나를 위한 시간으로도 보내면 된다는 사실을 말이다. 그렇게 마음을 바꾸니까 자신을 위한 시간이 따로 없어도 전혀 문제가 되지 않았다. 자신만의 시간이 없다고 불평불만을 할 필요가 없게 되었다.

무슨 일이든 마음먹기에 달린 듯하다. 현대인은 바쁘게 살아간다. 해야 할 것도 하고 싶은 것도 많다. 하여 시간이 없다는 말을 입에 달고 산다. 시간은 아인슈타인도 말하지 않았는가? 모든 사람이 느끼는 시간은 같지 않다고. 시간을 어떻게 쓰느냐에 따라 많게 활용할 수도 전혀 없게

일상이 명상이다

될 수도 있다는 것이다.

　바쁜 현대인이 언제 가부좌를 틀고 앉아서 명상할 것인가? 하지만 멋진 해결 방법이 있다. 시각과 시각의 틈을 잘 활용하면 된다. 그 시간은 그렇게 길지 않아도 나를 위한 시간으로 충분하다. 영국의 임상심리학 교수인 마크 윌리엄스(Mark Willams)는 "행복은 늘 보던 것을 지금까지와는 다른 눈으로 보는 것이다."라고 말했다. 바쁜 일상 중 점심을 먹고 빌딩 사이를 산책해도 좋다. 열린 감각으로 호기심을 갖고 보면 어제 보이지 않았던 것들이 보인다. 그동안 느끼지 못했던 파란 하늘과 어울려 있는 높은 건물들을 볼 수 있을 것이다. 또 어쩌면 보도블록 사이에서 살아가는 작은 민들레의 미소도 볼 수 있지 않을까? 건물에서 건물 사이를 바삐 날아다니는 도시에서 사는 새도 발견할 수 있을 것이다.

　어느 날 이런 풍경들이 보인다는 것은 시간이 꽃피는 순간을 경험하는 것이다. 일상에서 꽃피는 순간을 알아차린다는 것은 축복이요 선물이다. 미국의 시인 헨리 데이비드 소로(Henry David Thoreau)는 이런 멋진 순간들을 숲속 오두막에 살면서 경험한다. 그가 경험하는 순간들은 그렇게 특별난 것도 신비한 것도 아니었다. 그저 일상에서 들여오는 새 소리, 바람 소리, 지는 저녁놀, 지나가는 여행객의 마차 소리 등을 있는 그대로 즐겼을 뿐이다. 이런 경험을 소로 시인은 '자신이 옥수수처럼 밤새 쑥쑥 자랐다.'라고 표현한다. 얼마나 마음이 맑아지는 묘사인가. 우리도 소로 시인처럼 할 수 있다. 굳이 숲속 오두막으로 갈 필요는 없다. 일상에서 마음 챙겨 보고 듣고 경험한다면 누구나 느낄 수 있다. 소로 시인이 말하는 이런 순간들을 놓치지 않으면 말이다.

"머리의 일이든 손의 일이든 일 때문에 현재 순간이 꽃처럼 활짝 피어나는 걸 희생할 수 없었던 순간들이 있다."

-헨리 데이비드 소로-

그런 시간조차 허락되지 않을 만큼 바쁘다면 의자에 앉아서 잠시 눈을 감고 상상으로 숲을 거닐어도 좋다. 우리 뇌는 현실과 상상을 구분하지 못한다. 상상만으로도 숲을 걷고 있다고 믿는다. 얼마나 멋진 일인가? 숲을 거닐면서 짜증이 나는 사람은 없다. 몸이 알아서 좋은 호르몬을 보내기 때문에 편안하게 이완된다.

또 비가 오는 날 유리창에 부딪히는 빗방울을 보면서 편안하게 이완할 수도 있다. 낯선 시선으로 보면 곳곳에 행복한 시간은 기다리고 있다. 십 분 정도 나를 위한 시간을 갖는다고 해서 일에 지장이 있는 것은 아니다. 일하면서 벌써 마음은 일의 결과에 가 있거나 다른 일을 생각하고 있어서 마음이 바쁜 것이다. 많은 사람이 나 아니면 일할 사람이 없는 것처럼 일한다. 일중독에 빠진 사람들이 많다는 말이다. 스톡홀름 카롤린스카 연구소의 마리 아스베리(Marie Asberg) 교수는 탈진 전문가이다. "자신을 돌보지 않고 일만 하는 사람은 '탈진 깔때기' 속으로 빠져들기 쉽다."라고 말한다. 더욱 안타까운 것은 깔때기의 아래로 빨려 드는 사람은 대개 열심히 일하는 모범적인 사람이라는 것이다. 깔때기의 맨 밑으로 갈수록 사람들은 일을 위해서 자기의 행복을 하나씩 포기하고 살아간다는 것이다.

잠시 나를 위한 시간을 가져 보자. 오감으로 느끼는 생생한 상상만으로도 족하다. 봄이면 봄꽃이 흐드러지게 핀 길을 걸어 보자. 여름이면 시원한 바닷가를 걷고, 가을이면 단풍잎 고운 산길을 걸어 보자. 겨울이면 함박눈 내리는 눈길을 걷고, 비 오면 비 오는 길을 걸어 보자. 이 모든 것이 상상으로 가능하다.

'봄 꽃길 걷기 명상' 멘트 예

- 허리 펴고 고개는 똑바로 앞으로 향합니다.
- 편한 자세로 앉아 눈을 살포시 감습니다.
- 세 번 반복하여 복식호흡을 한 다음, 자연스러운 호흡을 합니다.
- 나는 지금 봄꽃이 만발한 숲길을 걷고 있습니다.

1장 멈춤, 마음을 비우는 시간

· 잠시 걸음을 멈추고 맘껏 꽃향기를 들이마시며 기지개를 천천히 켜 봅니다.

· 상쾌하게 지저귀는 새들의 소리가 귓가에 들려옵니다.

· 꽃가지를 부드럽게 스치며 지나가는 바람에 꽃잎이 하르르 하르르 떨어집니다.

· 주위는 무척 쾌적하고 고요합니다.

· 행복하고 평온함 속에서 천천히 한 발짝 한 발짝 걸음을 옮깁니다.

· 둘레 길은 따뜻한 햇볕과 꽃들이 어울려 무척 평화롭습니다.

· 멀리 계곡에서 흘러가는 물소리가 아련하게 들립니다.

· 상쾌하게 뺨에 와 닿는 바람의 촉감을 느껴 보십시오.

· 꽃길을 걸을 때 기분 좋은 발의 느낌 온몸으로 느껴 보십시오.

· 나는 아주 편안합니다.

· 나는 정말 평화롭습니다.

· 나는 너무너무 행복합니다.

· 자 이제 행복한 마음으로 봄 꽃길 여행을 계속하십시오.

· 행복한 꽃길 명상이 끝나면 부드럽게 눈을 뜹니다.

'가을 숲 걷기 명상' 멘트 예

· 허리 펴고 고개는 똑바로 앞으로 향합니다.

· 편한 자세로 앉아 눈을 살포시 감습니다.

· 세 번 반복하여 복식호흡을 한 다음, 자연스러운 호흡을 합니다.

일상이 명상이다

· 나는 지금 단풍이 곱게 물든 숲길을 걷고 있습니다.

· 숲은 너무도 고요하고 아름답습니다.

· 잠시 걸음을 멈추고 진한 낙엽의 향기를 들이마시며 기지개를 천천히 켜 봅니다.

· 고운 소리로 노래하는 새소리가 귓가에 들려옵니다.

· 얼굴을 부드럽게 스치는 바람의 촉감이 상쾌합니다.

· 바람에 서걱이는 나뭇잎 소리가 이따금 들려옵니다.

· 주위는 무척 편안하고 고요합니다.

· 멀리 계곡에서 흘러가는 물소리가 아련하게 들립니다.

· 행복하고 평온함 속에서 천천히 발걸음을 옮깁니다.

· 숲 안은 따뜻한 햇볕과 고운 단풍이 어울려 무척 평화롭습니다.

· 숲에서 풍기는 낙엽의 진한 향기를 코로 맘껏 들이마셔 보세요.

· 나뭇잎 위를 밟을 때의 바스락거리는 낙엽의 소리와 기분 좋은 발의 느낌
  온몸으로 느껴 보십시오.

· 두 팔을 벌려 나무를 조용히 안아줍니다.

· 나는 아주 편안합니다.

· 나는 정말 편안합니다.

· 나는 행복합니다.

· 나는 너무너무 행복합니다.

· 자, 이제 행복한 마음으로 숲속 여행을 계속하십시오.

· 명상이 끝나면 숨을 크게 들이마시고 내쉬면서 천천히 눈을 뜹니다.

1장 멈춤, 마음을 비우는 시간

자, 꽃길과 단풍 고운 숲길을 걷고 오셨나요? 기분은 어떤가요? 아마도 입가에 미소가 저절로 떠오를 겁니다.

숲은 행복 호르몬인 세로토닌의 보물창고이다. 행복해지기 위해서도 최소한의 노력은 필요하다. 시각의 틈을 잘 알아차리면 행복은 항상 내 곁에 머무를 것이다. 생활 속에서 해 보자. 일상이 명상이다.

6

호흡, 마음을 찾아가는 시간
(마음 챙김 호흡명상)

사람의 마음은 어디에 있을까? 어떤 사람은 마음이 심장에 있다고 말한다. 또 다른 누군가는 마음은 뇌 속에 존재한다고 말하기도 한다. 하지만 누구도 마음을 눈으로 본 사람은 없다. 또한 마음을 만져본 사람도 없다. 마음은 가슴에서 느껴지기도 하고 다른 곳에서 느껴지기도 하니까.

사람들은 몸과 마음이 함께 붙어 있는데 내 마음이 맘대로 되지 않는다고 말한다. 내 몸에 있으니 분명 내가 주인인데 말이다. 왜 그럴까? 마음은 내 몸을 떠나 하루에 반은 다른 데를 떠돈다고 한다. 많은 사람이 마음이 다른 데서 헤매고 다니는 사실조차 인지하지 못한다. 왜? 너무나 오랜 시간 그렇게 살아왔기 때문에 주의를 기울이지 않으면 알 수가 없다. 마음은 어디를 그렇게 돌아다니는 것일까? 몸에 가만히 있지를 못하고 원숭이가 이 가지 저 가지 옮겨 다니듯 널뛰고 다닌다. 그렇게 밖으로만 돌던 내 마음이 내 말을 잘 듣지 않는 것은 당연한지도 모른다.

그럼 자꾸 달아나는 마음을 어떻게 하면 나에게로 돌아오게 할 수 있을까? 답은 있다. 순간순간 알아차리는 것이다. 다른 데로 달아나려고 하는 마음을 빨리 알아차린다. 그러고는 친절하게 지금, 여기로 데려오는 것이다. 그럼 어떻게 데려올까? 이때 효과적인 방법이 호흡이다. 숨은 우리가 죽을 때까지 쉬어야 한다. 하지만 많은 사람이 자신이 숨을 쉬고 있다는 것조차 인지하지 못한다. 자극이 없는 호흡을 알아차린다는 것은 굉장한 주위를 요구한다. 자동 조종 상태의 숨을 수동으로 돌리는 것과 같다. 멀리 떠돌고 있는 내 마음을 호흡으로 알아차린다는 것은 마음을 가만히 현재로 돌린다는 말이다.

우리는 무엇을 해도 잡념은 따라다닌다. 조금만 방심하면 잡생각에 끌려다니게 된다. 그 생각이 좋은 것이라면 그나마 좋겠지만, 거의 좋지 않은 과거나 오지도 않은 미래로 간다. 자연히 불안해질 수밖에 없다. 잡념이 끊임없이 들어온다는 것은 알아차림이 멈춰 있다는 말이다. 마음에 빈틈이 생겼다는 말과 같다. 그 마음의 공간으로 끊임없이 생각이 들어오고 우리는 그 생각을 따라간다. 하지만 생각이 자꾸 다른 데로 달아난다는 것을 알아차린다는 것은 이미 내가 명상에 한발을 들여놓은 것이다. 생각은 알아차리고 그냥 놔두면 곧 사라진다.

무엇을 할 때는 한 번에 한 가지씩 제대로 하는 것이 중요하다. 그것이 명상이다. 명상은 나를 들여다보는 일이다. 산속이나 조용한 곳으로 갈 필요도 없다. 걸어가거나 전철을 타고 가든 설거지를 하는 중이든 상관없다. 그냥 그 자리서 명상할 수 있다. 방황하던 마음이 몸과 다시 만날 때 비로소 내가 주인이 된다. 내가 진정한 마음의 소유자가 되는 것이다. 알고 보면 일상이 명상이다. 명상은 지금 여기서 하는 것이다. 방황하는 마음을 알아차리고 여기로 데려오는 명상부터 해 보자. 숨은 코로만 쉬는 것은 아니다. 몸과 느낌, 마음, 의식으로 쉬는 것이다. 숨을 잘 쉴 때 '나'라는 놀라운 기적과 만날 수 있다.

내가 내 마음의 주인이 되면 보이지 않은 것들이 보이기 시작한다. 먼저 나를 가장 명확하게 보게 된다. 내가 나로 산다는 것은 의미 있는 일이다. 특별한 곳에 마음은 있지 않다. 내 안에 있다. 순간순간 알아차리는 자세가 필요하다. 일상에서 내 마음에 주인이 되어 보라. 일상이 명상이다.

'마음 챙김 호흡명상' 멘트 예

- 허리 펴고 고개는 똑바로 앞으로 향합니다.
- 편한 자세로 앉아 눈을 살포시 감습니다.
- 숨을 크게 들이쉬고 내쉽니다.
- 의식을 코끝에 두고 들이쉬는 숨에 신선한 공기가 들어가고 내쉬는 숨에
  미지근한 공기가 나옴을 알아차립니다.

1장 멈춤, 마음을 비우는 시간

· 숨을 들이쉬면서 숨을 들이쉼을 알아차립니다.

· 숨을 내쉬면서 숨을 내쉼을 알아차립니다.

· 숨이 짧으면 짧은 대로 알아차립니다.

· 숨이 길면 긴 대로 알아차립니다.

· 숨이 거칠면 거친 대로 알아차립니다.

· 몸을 알아차리며 숨을 들이쉽니다.

· 몸이 여기에 존재함을 알아차리며 숨을 내쉽니다.

· 온몸을 알아차리며 숨을 들이쉽니다.

· 온몸을 알아차리며 숨을 내쉽니다.

· 고통이 느껴지는 곳을 알아차리며 숨을 들이쉽니다.

· 고통이 느껴지는 곳을 알아차리며 숨을 내쉽니다.

· 몸을 평온하게 하며 숨을 들이쉽니다.

· 몸을 평온하게 하며 숨을 내쉽니다.

· 불편한 기분과 감정을 알아차리며 숨을 들이쉽니다.

· 불편한 기분과 감정을 알아차리며 숨을 내쉽니다.

· 불편한 기분과 감정을 차분하게 가라앉히며 숨을 들이쉽니다.

· 불편한 기분과 감정을 차분하게 가라앉히며 숨을 내쉽니다.

· 즐거운 마음으로 숨을 들이쉽니다.

· 즐거운 마음으로 숨을 내쉽니다.

· 행복함을 느끼며 숨을 들이쉽니다.

· 행복함을 느끼며 숨을 내쉽니다.

7

사소한 순간이 명상이다

서울에 갈 때 길을 검색하면 여러 가지의 길이 나온다. 길은 하나가 아니다. 인생의 길도 마찬가지다. 전혀 길처럼 보이지 않은 곳에서 길이 불쑥 나타나기도 한다. 인생 모든 것이 그런 것 같다. 내가 알고 있는 것이 다가 아니다. 내 것이 옳다고 고집할 필요가 없는 것 같다.

명상도 마찬가지이다. 사람들은 명상이 너무도 어렵고 나와 멀게 느껴진다고 한다. 하지만 명상의 길도 서울 가는 방법만큼이나 다양하다. 산에 가서 앉아서 하는 것이 다가 아니다. 요즘은 너무도 다양한 명상 방법들이 속속 나타나고 있다. 왜 그럴까? 행주좌와 어묵동정(行住坐臥 語默動靜)이라는 말이 있다. 명상은 특별한 사람이 특별히 하는 것이 아니라 누구든 일상에서 할 수 있다는 말이다. 걷고(행—行), 머물고(주—住), 앉아 있고(좌—座), 누워(와—臥) 있으며 알아차려라. 또한 말하고(어—語), 침묵하고(묵—默), 움직이고(동—動), 고요히(정—靜) 있을 때조차 알아차리

1장 멈춤, 마음을 비우는 시간

43

라는 말이다. 모든 일상이 명상 자체가 된다는 말이다. 이 말은 곧 일상이 명상이라는 말과 같다. 순간순간 알아차리고 수련하라는 가르침이다. 명상은 특별한 곳에서 별난 사람이 하는 것이 아니다. 일상생활 속에서 누구나 할 수 있는 것이 명상이다.

불교에서는 명상을 '사띠'라고 말한다. 사띠는 굳이 직역하자면 '마음 챙김'보다는 '알아차림'에 가깝다. 보통 사람은 행동하고 나서 '아차!' 하고 알아차리기도 어렵다. 하지만 모든 행위와 생각을 하기 전에 알아차림이라는 문지기를 통과하도록 하라는 가르침이 있다. 말은 쉽지만, 행동 후에 알아차리기도 어려운데 빨리 달아나는 생각을 어떻게 잡아채란 말인가? 잠시만 주의를 두지 않아도 마음은 달아난다. 알아차리고 다시 지금, 여기로 돌아오게 해도 잠시 방심하면 다시 달아난다. 일상을 알아차리기로 마음먹는다는 것은 보통 주의를 기울여야 하는 일이 아니다.

우리 주위에 있는 모든 환경은 명상 수련의 도구가 된다. 내가 느끼고, 보고, 듣고, 맛보고, 만져보는 일상을 명상의 대상으로 삼을 수 있다. 하버드 의과대학의 교수 크리스토퍼 윌라드(Christopher Willard)는 『어떻게 아이 마음을 내 마음처럼 자라게 할까』라는 책에서 마음 챙김할 수 있는 순간들을 100가지 이상 제시하고 있다. 그 순간은 유별나거나 특별한 순간들이 아니다. 우리가 매일 하고 있고 겪는 일상이다. 다만 주의를 기울이지 않으면 그냥 지나치게 되는 순간들이다. 알아차려야 하는 명상의 순간들은 조금만 주의를 기울이면 얼마든지 있다. 일상의 순간이 다 명상의 대상이다.

집을 나서려고 할 때 서두르는 마음이 있는지 잠깐 멈춤 알아차림

물이 끓기를 기다릴 때 조급한지 마음 알아차림

지하철을 타고 갈 때 들려오는 소리 알아차림

멀리서 아이들의 웃음소리가 들릴 때 마음 알아차림

나뭇잎이 바람에 흔들릴 때 마음 알아차림

가지 끝에 낮달이 걸려 있을 때 잠시 멈춤 알아차림

반가운 사람이 앞에서 걸어올 때 마음 알아차림

뷔페에 갔을 때 음식 욕심이 일어나는지 알아차림

잠을 잘 때 마음이 멀리 가 있는지 알아차림

걸어갈 때 몸과 마음이 함께 걸어가고 있는지 알아차림

음식을 먹을 때 무슨 맛이 나는지 알아차림

쇼핑하러 갔을 때 물건에 욕심이 일어나는지 알아차림

낙엽을 밟으며 발에 촉감이 어떤지 알아차림

봄꽃을 보면 어떤 마음이 일어나는지 알아차림

눈송이를 만지며 느껴지는 감촉 알아차림

비를 보면서 느껴지는 마음 알아차림

1장 멈춤, 마음을 비우는 시간

유모차에 탄 아기를 보면서 일어나는 마음 알아차림

이 순간 내가 존재하는지 알아차림

참 사소한 순간들 아닌가? 그런 순간들이 모두 나를 알아차리는 시간이라니. 명상은 특별한 의식이 아니라는 것을 알 수 있다. 또 보통 사람이 일상에서 하는 것이라는 사실도 알 수 있다. 명상은 누구나 다 하고 사는 평범한 일이다. 다만 알아차림이 되고 있는가의 차이일 뿐이다. 우리 몸은 너무도 정교하게 잘 만들어져서 자각하지 않아도 자동으로 굴러간다. 걸을 때는 발이 자동으로 걸어가고 먹을 때는 입이 알아서 씹고 넘긴다. 그뿐인가? 몸은 여기에 있으면서 신기하게도 생각은 온천지를 돌아다닌다. 그래도 아무 사고 없이 잘 살아진다. 다만 내가 무엇을 하며 왜? 살아가는지 모르게 되는 것이 문제일 뿐이다.

우리가 행동하기 전, 마음에 갈등이 일어나기 전에 알아차림이라는 문지기가 작동한다면 얼마나 좋을까? 우리의 생각 조각은 1초에 1200번 일어났다가 사라진다고 한다. 너무도 빨라서 인지하기도 전에 일어났다 사라진다. 그래서 마음을 알아차리기란 쉽지 않다. 하여 처음에는 몸에 감각을 알아차리면서 그것을 알아차리는 마음을 알아차린다. 몸 따로 마음 따로 노는 게 아니라 지금 여기 몸에 마음이 오롯이 함께 있도록 마음 챙김을 하라는 것이다.

명상은 특별한 사람이 하는 것이 아니다. 또한 특별한 곳에서 하는 것

도 아니다. 우리가 살아가는 사소한 순간이 다 명상이다. 어디 먼 곳이
나 특정한 곳에서 찾을 필요가 없다. 일상이 명상이다. 명상은 보통 사
람이 하는 것이다.

2장

알아차림, 진짜 나를 만나는 시간

알아차림은 진짜 나를 만나는 순간이다.
지금, 이 마음을 그대로 바라볼 때
우리는 비로소 진정한 나와 마주한다.
그 순간, 순수한 나는 조용히 모습을 드러낸다.

1

마음의 문지기 알아차림 호흡

　나는 아침에 밥을 먹을 때마다 이상하게 생각이 다른 데로 잘 달아난다. '아! 내가 지금 밥을 먹으며 다른 생각을 하고 있구나.'라고 알아차린다. 하지만 한번 달아난 생각은 지금, 밥을 먹는 현재로 잘 돌아오지 않는다. 분명 알아차렸는데 돌아다니는데 습관이 된 생각은 지금으로 돌아오기를 거부한다. '아! 알아차림만으로 되는 것이 아니었네. 수련이 필요하구나!'라고 느끼게 되었다. 밥을 먹으며 오늘 할 일을 생각했다면 밥을 먹은 것이 아니다. 오늘 할 일을 먹은 것이다. 그만큼 알아차리고 마음을 챙긴다는 것은 쉽지 않은 일이다.

　불교학자인 아날라요 스님(Bhikkhu Anālayo)은 『호흡 마음챙김 명상』에서 『아나빠나사띠 숫따』 경전에 있는 마음 챙김 호흡에 관해 소개하고 있다. 호흡은 '안다.', '경험한다.', '고요히 한다.', '숙고한다.'라는 명상적 활동들이 생겨나면서 마음 챙김이 지속된다고 말한다. 또한 "모든 명상의 활동 전에 마음 챙김이 확립되어야 한다."라고도 말한다. 모든 몸에 일어나는 감각은 마음 챙김이라는 문지기와 가장 먼저 만나야 한다는 것이다. 마음 챙김이 먼저 작동하면 어떤 자극이 일어나도 판단으로 인한 이차적 반응이 일어나지 않도록 도와줄 것이다.

그럼 마음 챙김이란 무엇일까? 마음 챙김은 그렇게 간단하게 얻어지는 것이 아니다. 마음 챙김은 마음을 보는 기술이다. 나와 붙어 있는 마음을 객관적으로 보기란 수행 없이는 쉽지 않은 일이다. '알아차린다.', '행동한다.', '고요히 한다.', '생각한다.'라는 과정에서 일어나는 깊은 마음 작용이다. 마음 챙김을 마음의 문지기로 세울 수만 있다면 얼마나 좋을까? 마음 챙김 문지기가 필요 없는 감정이나 생각 행동을 걸러줄 테니 말이다. 하지만 그 마음 챙김 문지기도 누가 세워주는 것은 결코 아니다. 결국은 내가 깨어 있어야만 세울 수 있는 문지기이다. 오감이 일어나기 전에 또 생각이 다른 곳으로 달아나기 전에, 몸을 움직이며 행동을 하기 전에 이미 내가 무엇을 할 것인지 알아차리라는 말이다. 즉, 일상생활에서 항상 깨어 있으라는 말과 같다. 참 놀라운 말이다. 생각이 흩어지고 행동을 하고 나서 알아차리는 것도 힘들다. '내가 이랬구나!' 하고 깜짝 놀랄 때가 많은데 명상은 엄격한 알아차림을 요구한다. 『아나빠나사띠 숫따』 경전에는 마음 챙김을 이렇게 무시무시하게 묘사한다.

"춤 공연에 몰려든 사람들 사이로 기름이 가득 담긴 항아리를 운반해야 하는 사람이 있다. 앞에는 무희가 춤을 추고 있고 뒤에는 기름이 한 방울이라도 떨어지면 바로 머리를 베려는 사람이 따라온다."

호흡은 우리가 매일 쉬고 있는 것이라 새로울 것도 없고 호기심이 일어날 대상도 아니다. 호흡은 좋지도 나쁘지도 않은 중립적인 감각을 일으킨다. 그러므로 우리가 호흡을 잘 느끼지 못하는 것은 그리 놀라운 일이 아니다. 나를 알아차리는데 호흡만큼 좋은 도구는 없다. 마음이 멀리 떠돌 때 마음을 챙기며 들이쉬고 내쉬면서 돌아갈 곳은 내 호흡이라는 말이다. 호흡이 길면 긴 대로, 호흡이 짧으면 짧은 대로 알아차린다. 또 호흡이 얕으면 얕은 대로 깊으면 깊은 대로 알아차리란 말이다. 한시도 알아차림을 놓치지 말고 깨어 있어야 가능한 일이다.

숨을 쉬는데 코로만 숨을 쉬는 것은 아니었다. 숨쉬기 전에 마음을 챙기면서 숨을 들이쉬고 내쉬라는 말이다. 마음과 몸과 숨 쉬는 행위가 하나 되어 고요해지기를 훈련하라는 가르침이다. 그동안 의식하지 않고 쉬고 있던 숨에 이렇게 많은 의미가 들어 있는지 새삼 깨닫게 된다. 그냥 쉬고 있던 숨이 이렇게 알아차려야 할 것이 많음을 이제야 깨닫게 된다. 내가 매일 쉬고 있는 숨도 알아차리지 못한다면 다른 것을 알아차리는 일도 제대로 못 할 것이다. 미국의 명상가 존 카바트진 박사는 "마치 숨쉬기에 목숨이 달린 것처럼 호흡하라."라고 말한다. 이제 그 말이 무슨 뜻인지 조금씩 이해가 가기 시작했다.

아는 스님 중에 알아차림만 삼사 년을 열심히 수련한 스님이 계신다. 처음에는 '무슨 알아차림을 그렇게 오래 하나? 좀 이상한 스님 아닌가?' 하는 생각을 했다. 이제야 조금 그 마음이 이해된다. 나 같이 보통 사람은 어쩔 수 없다. 일상에서 알아차리고 경험하고 고요히 숙고하는 수련을 계속할 수밖에 없다는 결론이다. 일상에서 알아차림이라는 문지기를 세우는 날까지 깨어 있을 수밖에 없다. 일상이 명상이다. 일상에서 해 보자.

2

귀를 기울이면, 이미 명상이다 (듣기 명상)

숲에 갔을 때 나뭇잎 떨어지는 소리를 들어본 적이 있는가? 산과 내가 하나가 되어 앉아 있으면 그동안 그냥 지나치던 바람 소리, 풀벌레 소리, 숲의 소리가 크게 들린다. 자신의 깊은 내면에서 올라오는 작은 소리를 들어본 적이 있는가? 또한 누구나 한 번쯤은 자신도 깜짝 놀랄 만한 예측에 소름이 돋은 경험이 있었을 것이다. 가끔 이렇게 자신이 순수하고 맑을 때 우리는 누군가 보내는 메시지를 받는다. 하지만 이내 혼탁해져서 불안하고 긴장된 마음으로 돌아간다. 왜 그렇게 살아가야 하는지 자신도 모르는 채 다시 일상 속으로 돌아간다. 나 자신의 소리도 잘 알아듣지 못하는데 다른 사람을 온전히 이해할 수 있을까?

집 앞에 산이 있는 곳에 산 적이 있다. 휴일이면 게으름을 피우다 오후에 별 준비 없이 오를 수 있는 편안한 산이었다. 어느 이른 봄, 하늘이

일상이 명상이다

54

낮게 드리워진 날 산에 갔었다. 오후에 비가 조금 온다고 했지만, 산은 얼마만큼 봄을 준비하고 있을까? 궁금하기도 해서 그냥 산에 올랐다. 산은 아직 마른 낙엽으로 뒤덮여 있었다. 산을 돌아 내려오는 길에 빗방울이 한두 방울 내리기 시작했다. 순간 낙엽 위에 떨어지는 빗소리가 그렇게 아름다울 수가 없었다. 숲이 깨어나며 두런두런 나에게 말을 걸어오는 것 같았다. 아무도 없는 산에서 빗방울이 낙엽을 두드리며 내는 소리는 경이로울 만큼 신비로웠다. 가만히 눈을 감고 들려오는 바람 소리, 마른 낙엽을 토닥이는 빗소리를 들었다. 툭툭! 낙엽에 내리는 빗소리와 간간이 쏴 하고 부는 바람 소리와 그리고 나만 우주에 존재하는 것 같은 몰입의 순간이었다. 그 순간의 빗소리는 오직 나만을 위한 만트라였다. 소리에 몸과 마음이 함께 하는 순간에는 머리에 잡념이 들어올 틈이 없다. 몸과 마음이 저절로 편안해진다. 모든 소리를 들으며 우리는 명상할 수 있다. 특히 자연의 소리는 어떤 소리보다 편안한 휴식을 준다. 듣는 것도 명상이다.

다른 사람을 온전히 이해하기란 쉽지 않다. 더구나 상대방이 느끼는 고통을 똑같이 느끼기란 거의 불가능하다. 다만 그 사람의 고통을 함께 느끼려고 마음을 기울일 뿐이다. 하지만 내가 느끼는 고통을 생각해 보라? 사람들은 자신의 고통이 제일 크다고 생각한다. 사람은 누구나 자신의 고통이 제일 괴롭다고 느낀다. 내가 우선이니 다른 사람을 나처럼 이해하기란 쉽지 않다. 다른 사람을 조금 더 이해할 방법은 없을까?

모든 관계의 시작은 듣기이다. 하지만 대화를 나눌 때 온전히 그 사람의 말에 귀를 기울이는 '경청'을 하지 못할 때가 많다. 다른 생각을 한다든지 다른 일을 하면서 대충 듣고는 다 들었다고 생각한다. 많은 사람이 자신의 이야기를 오롯이 들어주는 경청을 경험하지도 못한다. 경험이 없으니 다른 사람의 말도 대충 듣는다. 경청은 대화의 기본이다. '경청'의 '경(傾)'은 '기울인다.'라는 뜻을 지니고 있다. 말하는 사람 쪽으로 귀 기울여서 들으라는 말이다. 다른 사람의 이야기를 주의 집중하여 듣는 것도 명상이다. 초등학교 3학년 도덕 교과서에 다른 사람의 이야기를 들어주고 공감해 주는 3단계가 실려 있다. 우리는 이미 오래전에 다른 사람의 말을 경청하고 공감해 주는 방법을 배웠다. 다만 그 지식이 머리에 있을 뿐 행동으로 녹아내리지 않았을 뿐이다. 잘 듣는 것도 연습이 필요하다. 잘 듣는 것도 명상이다. 공감하며 듣는 단계는 다음과 같다.

1단계: 상대방의 눈을 마주치며 이야기를 들을 준비가 되어 있다고 눈으로 말한다. 상대방의 이야기를 재촉하지 않고 할 때까지 기다려 준다.

2단계: 상대방을 이해하는 표정으로 고개를 끄덕인다. 또는 '음'이라고 상대방의 말에 반응해 준다.

3단계: 이야기를 다 듣고 상대방의 감정을 이해하며 "많이 힘들었겠

구나!", "슬픈 마음이겠구나!", "놀랐겠구나!" 등 공감의 말을
전한다.

미국의 심리학자 칼 로저스는 공감에 대해 멋진 이야기를 했다. "힘들
고 어려운 상태에 있는 사람에게 공감은 한 사람이 다른 사람에게 줄 수
있는 최고의 선물이다."라고 말했다. 하지만 우리는 다른 사람의 말을
온전히 듣는 것도 잘하지 못하고 산다.

명상 연수에 참석한 사람들과 듣고 말하기 연습을 한 적이 있다. 두
사람이 짝이 되어 한 사람은 말하는 사람이 되고 다른 사람은 듣는 사람
이 된다. 말하는 사람은 3분 동안 상대방에게 하고 싶은 이야기를 한다.
듣는 사람은 말하는 사람의 눈을 보며 온전히 그 사람의 이야기에 반응
해 준다. 듣는 동안은 상대방의 말을 판단하여 말 중간에 끼어들거나 충
고하지 않는다. 이야기를 다 들어주고 마음을 읽어주는 공감의 말만 해
주면 된다. 이야기가 끝나면 서로 역할을 바꾸어서 이야기하고 듣는다.
놀랍게도 참석자들은 이렇게 자신의 이야기를 온전히 들어주는 경험을
처음 해 본다고 말했다. 더욱이 공감해 주는 말이 너무도 따뜻해서 감동
이었다고 소감을 말하기도 했다.

잘 듣는 사람이 다른 사람도 충분히 이해한다. 또한 잘 듣는다는 것은
자신이 지금, 여기에 오롯이 머문다는 뜻이다. 다른 사람의 말을 들을
때 판단한다거나 충고하고 싶어질 수도 있다. 하지만 들을 때는 그냥 들

어주는 데만 집중한다. 설령 말하는 사람의 이야기에 모순이 있더라도 말이다. 다른 사람의 말을 들을 때는 자비의 마음을 내어 듣는다. 또한 정다움이 담긴 말로 대답을 해 준다. 진정성이 담긴 말은 진심으로 소통하게 만든다.

몸과 마음, 감정과 생각 그리고 순수한 영이 우리 모두의 내면에 존재한다. 하지만 오만가지 생각으로 혼탁해진 마음은 들어야 할 이야기를 듣지 못하게 한다. 누군가가 나에게 보내는 신호를 알아듣지 못하게 방해한다. 순수한 마음만이 이야기의 진실을 알아듣는다. 귀로, 마음으로, 느낌으로. 우리는 하루도 말하지 않고는 살 수 없다. 또한 다른 사람의 말도 계속 들으며 살아야 한다. 듣고 대답해 주는 일도 일상적으로 하고 산다. 우리가 매일 하는 말하고 듣는 것을 잘한다는 것은 소통을 잘한다는 말이다. 나와 다른 사람을 잘 이해하고 있다는 말이기도 하다. 듣는 것도 대답해 주는 것도 명상이다. 지금, 누군가의 말에 진심으로 귀를 기울이고 있다면 이미 명상 중이다. 일상이 명상이다.

3

이 또한 지나가리라

세상을 살다 보면 다양한 일들을 겪고 살게 된다. 나와 생각이 같지 않은 사람이 사는 곳이다 보니 곳곳에서 부딪치고 깨지고 넘어지게 된다. 내 맘대로 되는 것이 하나도 없는 것처럼 보여 좌절하기도 한다. 명상 워크숍에 온 사람들에게 고난이 닥쳐왔을 때 나에게 해 주는 말이 있냐고 물은 적이 있었다. '실수해도 괜찮아!', '정말 수고했어!', '너는 존재 자체로 소중해!' 등 여러 가지 말들이 나왔다. 그 말 중에 많은 사람이 '이 또한 지나가리라'라고 대답했다. 이 말은 많은 사람이 고통의 시간을 부여잡고 견디는 위로의 말이라는 것을 알 수 있었다. 고통의 시간이 얼른 지나가기를 바라는 마음은 누구나 똑같은 것 같다.

행복이 들어올 때 불행도 함께 들어온다고 한다. 행복과 불행은 자매여서 같은 문으로 들어온다고 한다. 사람들은 행복할 때는 행복이 영원히 내 곁에 있으리라 생각한다. 행복도 '이 또한 지나가리라'라는 것을 알아채지 못한다. 하지만 사람은 자신만의 행복의 수준이 있다고 한다. 기쁜 일이 있어도 아무리 나쁜 일이 있다고 해도 자기의 행복 수준으로 맞추려고 노력한다고 한다. 하여 좋지도 않고 나쁘지도 않은 중립적인 일이 균형을 이룰 때 편안함을 느낀다. 행복한 일만 계속되면 흥분되어 편안함을 느끼지 못한다. 또한 아이러니하게도 고통스럽고 힘든 일이 있어서 상대적으로 행복하다는 것을 느낄 수 있다는 것이다.

어느 날 책을 보다가 미국의 시인 랜터 윌슨 스미스(Lanta Wilson Smith)의 「이 또한 지나가리라」라는 시를 보았다. 반가운 마음에 단숨에 시를 읽었다. 시인은 이미 오래전에 인생에는 좋은 일, 나쁜 일도 함께한다는 것을 알고 있었다. 때로는 마음의 평화를 산산조각 내는 슬픈 날도 있다. 반면 행운이 나에게 미소 지으며 환희와 기쁨을 주는 날도 함께 공존한다. 또한 때로는 명예와 영광, 지상의 모든 귀한 것들이 내게 웃음을 선사할 때도 있다. 하지만 '이 또한 지나가리라'라는 것을 시인은 이미 알고 있었다. 하여 모든 것은 한순간 지나가는 바람 같은 것임을 잊지 않기를 바라는 마음에서 시를 쓴 것 같다.

그렇다. 우리 삶에는 좋은 일만 있는 것도 나쁜 일만 계속되는 것도 아니다. 다만 좋은 일이 올 때도 '이 또한 지나가리라'라는 것을 알아차리는 지혜가 있다면 얼마나 좋을까? 어떤 일이든 잠깐 스쳐 지나가는 순간에 불과하다는 것을 기억한다면 아프게 상처받지 않을 텐데 말이다.

시를 읽고 오랜만에 신선한 기분이 들었다. '이 또한 지나가리라'라는 말은 불행에만 따라다니는 꼬리표인 줄 알았는데 아니었다. 어김없이 행복한 일에도 따라다니고 있었다. 다만 알아차리지 못하고 살았을 뿐이다. 우리는 어리석게도 많은 것들을 알아차리지 못하고 살아가고 있다.

고통 없는 행복은 없다. 힘든 고통의 시간이 있으므로 우리는 행복을 느낀다. 우리가 가지고 태어난 생로병사(生老病死)는 누구도 피해 갈 수 없는 고통이자 삶이다. 한평생 고통과 함께 동고동락하며 사는 셈이다. 행복은 고통 속에서 불어오는 한 줄기 바람이다. 고통만 있다면 우리는 살아가지 못할 것이다. 고통이 지나면 샘물 같은 행복이 나를 치유해 주는 시간도 있으므로 삶을 이어간다. 우리의 삶은 항상 피어나는 꽃일 수는 없다. 때로는 진흙탕에 뒹구는 잡초같이 불행할 때도 있다. 하지만 진흙탕이 있기에 연꽃이 피듯 우리의 삶 또한 그런 시간이 있어서 다시 꽃필 수 있다.

많은 괴로움은 탐진치(貪瞋癡)에서 온다. 많이 가지려는 욕심에서, 자기의 뜻대로 되지 않는 일에 일어나는 분노로, 앞을 제대로 보지 못하는 어리석음에서 온다. 괴로움은 삶을 행복하게 살지 못하게 한다. 모든 것은 일어났다가 사라지는 덧없는 것이다. 이 사실을 알아차린다면 지나가는 것을 부여잡고 오래 머물지는 않을 텐데 말이다. 시간도 세월도 삶도 모든 것은 다 지나간다. 지난날에 집착하거나 오지 않은 미래에 너무

불안해할 필요는 없을 것 같다. 순간순간 깨어 있으면서 오늘을 살아가는 것이 잘 사는 방법이지 않을까? 지나가는 시간을 붙잡고 불행해할 필요는 없을 것 같다. '이 또한 지나가리라'라는 것을 우리는 이제는 잘 알고 있으니까.

꽃의 시간은 순식간에 지나간다. 꽃이 진다고 꽃은 아주 없어지고 사라지는 것일까? 꽃은 떨어져도 흙으로 돌아가 다른 모습으로 태어난다. 나무로, 구름으로 비로 다시 돌아와 우리 곁에 머문다. 사람도 마찬가지이다. 항상 깨어 있어서 꽃에서 다른 모습을 볼 수 있는 사람은 행복하다. 가는 것도 없고, 오는 것도 없음에 매여 있지 않으니, 삶이 행복하다. 몸과 마음이 자유로운 사람은 행복한 사람이다. 구름에서 장미꽃을 보는 사람은 깨어 있는 사람이다. 여유로운 마음으로 호수도 되고 산도 되고 바람도 되는 삶을 살 수 있다.

모든 순간은 지나간다

들꽃향기 신계숙

지금, 이 순간

나는 어디에 있는가?

지나가 버린 과거에서 서성이고 있지는 않은지

오지도 않은 미래에서 방황하고 있지는 않은지

어디로 가기 위해 걷고 있는가?

어디로 가기 위해 무엇을 보고 있는가?

살아서 걷고 있는 이 순간이 기적인 것을

살아서 보고 있는 이 광경이 기적인 것을

한 떨기 꽃으로 왔다가 꽃으로 가는 인생

집착할 것이 무엇 있다고

무엇을 찾으려 헤매고 있는가?

무엇을 얻으려 방황하고 있는가?

지금, 여기에서 숨 쉬고 살아 있는

2장 알아차림, 진짜 나를 만나는 시간

이 순간이 진정한 내 삶이다

좋은 일도 불행한 일도

이 또한 지나가리니

집착할 일도 슬퍼할 일도 아니다

여유 있는 마음으로 호수도 되고

산도 되고 바람도 되어 놀다 가자

모든 순간은 지나간다

지나가는 것에 오래 머물지 않기

알아차림은 지나는 순간을

조용히 놓아주는 연습이다

일상이 명상이다

4

감사는 내 안에 피는 꽃 (감사 명상)

마음공부를 하는 지인 중에 감사 일기를 매일 쓰시는 분이 있다. 그분은 많은 것을 갖고 있지도 않고 그렇다고 명예나 학위가 높은 사람이 아니다. 매 순간 진실하게 살고 싶은 사람일 뿐이다. 심지어는 여행을 갈 때도 감사 노트를 꼭 들고 다닌다. 그리곤 자기 전, 감사 일기를 적는다. 몇 년을 겪어 보아도 한결같이 감사 일기를 쓰는 모습을 볼 수 있었다. 당연히 그분은 작은 것에도 감사할 줄 알고 별거 아닌 일에 행복을 느끼는 분이다. 그 지인도 처음부터 감사 일기를 잘 적은 것은 아니란다. 처음 명상할 때는 감사한 것을 몇 개 적지 못해서 놀랐다고 한다. 명상을 접하고 마음공부를 하게 되면서 세상을 보는 눈이 달라졌다고 한다. 이렇게 감사할 일이 많은 세상에 사는 것이 정말 행복하다고 말한다.

많은 사람이 살면서 기적을 원한다. 물 위를 걷는다든가 로또 번호가

훤히 보인다든가 하는 기적을 원한다. 기적도 시대의 흐름에 따라 달라지는 것도 같다. 주식이 하룻밤 사이에 천정부지로 오르면 그것을 기적이라고 부르기도 한다. 그런데 그런 기적이 일어나면 감사하는 마음이 오래 갈까? 감사는 밖에서 만들어 내는 감정이 아니다. 평범한 하루를 잘 살아갈 때 내 안에서 조용히 피어나는 꽃과 같다.

기적은 너무도 평범하게 우리 곁에 있다. 기적은 특별난 것이 아니다. 내가 여기에 숨 쉬고 살아 있는 것부터 기적이다. 내가 걷고 생각하고 웃고 하는 것 또한 기적이다. 엄마 아빠가 제공한 최소한의 유전자를 받아 내가 만들어져 나온 것부터 기적이다. 아무것도 없는 무에서 손도 만들고 발도 만들고 사람의 모습으로 여기에 존재한다. 내가 걷고 말하고 웃고 살아 있는 것이 기적이다. 기적 속에 살면서 기적을 보지 못하고 사는 사람은 불행하다. 기적인 자신을 알아보지 못하고 밖에서 찾고 있다.

우리는 지구에서 너무도 좋은 것들을 받으며 살고 있다. 값을 가늠할 수조차 없는 귀중한 것들을 대가 없이 누리며 살고 있다. 정말 가치가 있는 좋은 것은 모두 무료이다. 얼마든지 공짜로 우리가 누릴 수 있게 해 준다. 그런 혜택을 받고 사는 삶이 감사하지 않은가? 하지만 많은 사람이 당연한 것으로 여기고 함부로 사용하고 훼손한다. 자신들의 편리함만 생각하는 사람들 때문에 자연은 병들어 간다. 지구가 제공하는 공짜인 것들을 감사하게 여기는 마음을 가져야 하지 않을까?

숨 쉴 수 있는 공기가 있어서 감사하다.

마실 수 있는 물이 있어서 감사하다.

대지를 촉촉이 적시는 비가 있어서 감사하다.

녹색을 품고 있는 숲이 있어서 감사하다.

나뭇잎을 흔들어 주는 바람이 있어서 감사하다.

모든 것을 품고 싹 틔우는 어머니 같은 흙이 있어서 감사하다.

어둠을 밝히고 따뜻한 빛을 주는 햇살이 있어서 감사하다.

보기만 해도 가슴이 탁 트이는 넓은 바다가 있어서 감사하다.

서로 이야기를 나눌 수 있는 이웃이 있어서 감사하다.

서로 어깨를 기대며 살아가는 들꽃이 있어서 감사하다.

한가롭게 떠가는 구름이 있어서 감사하다.

봄, 여름, 가을, 겨울이 있어서 감사하다.

그뿐인가? 건강한 나 자신에게 느낄 수 있는 감사 또한 너무도 많다.

아름다운 것들을 볼 수 있는 눈이 있어서 감사하다.

내가 가고 싶은 곳으로 갈 수 있는 다리가 있어서 감사하다.

말하고, 맛볼 수 있는 입이 있어서 감사하다.

좋은 사람을 안을 수 있는 팔이 있어서 감사하다.

무엇이든지 할 수 있는 손이 있어서 감사하다.

따뜻함을 느낄 수 있는 가슴이 있어서 감사하다.

듣고 이해할 수 있는 지혜로운 머리가 있어서 감사하다.

이 모든 것을 보고 듣고 느끼고 생각할 수 있는 존재, 내가 있어서 감사하다.

작은 것으로부터 감사를 느낄 수 있는 사람은 행복하다. 보이는 것, 들리는 것, 만져지는 것들이 모두 감사하게 보이니까. 어떠한 기도보다 자신을 행복하게 하는 만트라는 감사의 목소리다. 감사는 걸어가면서 밥을 먹으면서 대화하면서 어디서든지 할 수 있다. 감사 명상은 자신이 행복해지는 기적의 명상이다. 행복해지려면 감사하는 마음을 가지라고 말하고 싶다. 감사 명상은 어떤 명상보다 강력한 에너지를 가지고 있다. 아무것도 준비할 것이 없다. 일상에서 숨을 쉬듯 감사하라. 일상이 명상이다.

'감사 명상' 멘트 예

- 허리 펴고 고개는 똑바로 앞으로 향합니다.
- 편한 자세로 앉아 눈을 살포시 감습니다.
- 머리끝에서 발끝까지 내가 앉아 있는 모습을 마음의 눈으로 바라봅니다.

· 얼굴도 마음의 눈으로 확인해 봅니다.

· 얼굴이 굳어 있다면 살짝 미소를 띠어 봅니다.

· 건강한 신체를 가지고 있음에 감사합니다.

· 볼 수 있고, 들을 수 있고, 말할 수 있음에 감사합니다.

· 걸어 다닐 수 있는 다리가 있음에 감사합니다.

· 움직일 수 있는 손이 있음에 감사합니다.

· 사랑하는 사람을 안을 수 있는 팔이 있음에 감사합니다.

· 다른 사람을 위해 따뜻함을 내줄 수 있는 가슴이 있음에 감사합니다.

· 듣고 이해할 수 있는 지혜로운 머리가 있음에 감사합니다.

+++

· 내가 숨 쉴 수 있게 해 주는 공기에 감사합니다.

· 따뜻한 햇볕이 있음에 감사합니다.

· 내가 마실 수 있게 해 주는 물에 감사합니다.

· 모든 것을 길러내는 땅이 있음에 감사합니다.

+++

· 나는 이 세상에서 제일 존귀한 존재입니다.

· 나는 무한한 가능성을 가진 존재입니다.

· 이 모두 것을 누리게 생명을 주신 부모님께 감사합니다.

· 이 모든 것을 보고 듣고 느끼고 생각할 수 있는 존재, 내가 있어 감사합니다.

· 명상하고 있는 이 순간 내가 오롯이 나와 함께하고 있음에 감사합니다.

· 감사의 마음이 가슴 가득 참을 느껴 봅니다.

· 깊게 숨을 들이쉬고 내쉬며 천천히 눈을 뜹니다.

5

신호등 앞에 멈춰 서라

　명상의 기본은 알아차림이다. 말은 쉽지만 잘되지 않는 것이 우리 삶이다. 그만큼 알아차림은 어렵다는 말이기도 하다. 명상하는 지인은 알아차림이 잘되지 않아서 몇 년을 알아차림을 알아차리려고 애를 썼다고 한다.

　아침에 출근하기 위해 아파트를 걸어 나오면 신호등이 있는 건널목이 나온다. 여기가 대로변이다 보니 신호가 바뀌려면 한참 동안 기다려야 길을 건널 수 있다. 멀리 대로변이 보이면 내 생각은 이미 길가 신호등 앞에 가서 서 있었다. 바쁜 일도 없으면서 길 가까이 왔는데 녹색 신호등이 깜박이기라도 하면 짜증이 났다. 기다릴 때도 언제 바뀌나 신호등만 쳐다보고 있으니까 녹색 불로 더디게 바뀌는 것 같았다. 명상한다는 나의 모습이 이랬다. 그러다 어느 날 알아차리게 되었다. 몇 분 빨리 간다고 인생이 바뀌는 것도 아닌데 길 건너는 일조차 스트레스를 받고 있었다는 것을 말이다. 인생이 먼저 간다고 일등으로 가지는 것도 아닌데 매 순간 빨리 가려고 마음이 바빴다. 그래서 '여유를 가지고 천천히 걸어서 가자'라고 마음을 바꾸기로 했다.

아침에 아파트를 나와서 화단을 천천히 걸으니까 바람에 흔들리는 개망초꽃이 보인다. 더 놀라운 것은 그렇게 들여다보아도 보이지 않던 네잎클로버가 걸어가는데 그냥 보인다. 기분 좋게 네잎클로버를 몇 개 찾고 또 천천히 걸어서 신호등 앞에 섰다. 녹색 신호등을 기다리면서 건너편 건물을 바라보았다. '아 저기에 바둑학원이 있었구나! 또 저기에 작은 카페가 있었구나!' 건너가기에 바빠서 보지 못했던 것들이 보이기 시작했다. 그렇게 주위를 관찰하고 있으니까, 신호등도 금방 바뀐다.

지금에 집중하여 살아가는 것 또한 명상이다. 마음을 바꾸니 스트레스가 사라졌다. 관찰자의 시선으로 세상을 바라보기 시작하니까 보이지 않았던 것들이 보이기 시작했다. 보이지 않았던 사람들도 보이기 시작했다. 병원 앞에는 휠체어를 탄 할머니가 병원이 답답했는지 길에 나와 사람들을 구경하고 있었다. 아마도 할머니도 다른 사람이 보지 못하는 세상을 보고 있는 것 같았다. 세상을 바라보는 얼굴에 미소가 보인다.

우리의 생각은 내 머릿속에서 일어났다가 사라지는 허구이다. 많은 사람의 생각이 어두운 과거에 가 있거나 미래에 가 있다. 그 모든 생각이 내 머릿속에서 일어나는 일이다. 실체가 없는 바람과 같은 것을 붙들고 우리는 괴로워도 하고 좌절하기도 한다. 마음을 바꾸면 스트레스도 스트레스로 보이지 않는다. 그런 능력을 우리는 이미 자신 안에 다 가지고 있다. 하지만 많은 사람이 해결책을 밖에서 찾으려고 노력한다. 그 해답은 오래전에 우리 안에 있었는데 말이다. 사람이 마음을 긍정적으로 바꾼다는 일은 무엇보다도 축하받을 일이다. 그로 인해 삶이 달라지니까.

이제 신호등 있는 건널목을 건널 때마다 하늘도 한 번씩 쳐다보고 주변의 환경도 탐색해 보자. 보이지 않았던 것들이 보일 것이다. 우리는 자신이 보고 싶은 것만 보고 산다. 주위의 환경도 대충 보고 다 봤다고 생각한다. 오늘부터 내 주위부터 여유를 가지고 바라보는 연습을 해 보자. 신호등 있는 건널목을 건널 때는 '발로 걸어서 건널 수 있어서 행복하다' 생각하고 건너보자. 걷지 못해서 건널목을 건너지 못하는 사람들도 있으니까.

때로는 우리들의 삶도 신호등을 닮았다. 세상은 우리를 빨리 건너야 하는 신호등 앞에 붙잡아 둔다. 왜 그럴까? 내 주위를 둘러보면서 걸어가라는 신호인지도 모른다. 그 사인을 알아차린다면 삶은 달라진다. 신호등 있는 건널목을 건너는 것뿐이랴. 신호등 앞에서 멈출 수 있는 사람은 세상을 잘 사는 방법을 아는 사람이다. 세상을 볼 줄 아는 사람이다.

명상은 산속에 가서 하는 것이 아니다. 내가 살아가는 지금 여기서 하는 것이다. 일상이 다 명상이다. 탐색하고, 알아차리고, 변화하는 행동을 죽을 때까지 해야 한다. 신호등을 건널 때도 명상으로 건너자. 일상이 명상이다.

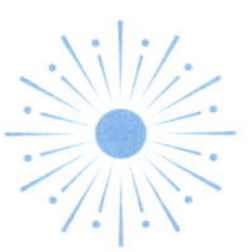

화는 알아차림의 꽃이다
(화 알아차림 명상/나뭇잎 명상)

화가 났을 때 알아차림은 화를 참거나 누르는 것이 아니라 화를 돌보는 것이다. 감정은 좋고 나쁜 감정이 없다. 얼마나 잘 돌보고 잘 표현하느냐의 문제다. 알아차림을 감정이 들어오는 입구에 문지기로 세울 수만 있다면 감정을 더 잘 알아차릴 수 있지 않을까?

화가 날 때는 이성적으로 생각하기가 쉽지 않다. 나를 화나게 한 사람이 자꾸 생각이 난다. 그가 했던 상처 주는 말과 행동을 되풀이해서 자꾸 생각하게 된다. 또한 판단하고 그 사람을 단죄하려고 하게 된다. 그를 보면 볼수록, 생각하면 할수록 화가 날 것이다. 하지만 중요한 것은 지금 화가 나는 나를 들여다보는 일이다. 일단 먼저 나를 화나게 하는 사람과 멀리 떨어지는 것이 좋다. 우선 내 안에 붙어 있는 불길부터 잡는 것이 순서이다. 불에 귀중한 내가 손상될 수도 있으니까.

화를 내면, 화는 온전히 나 자신이 되어 버린다. 살다 보면 화가 날 수도 있다. 어떻게 화를 내지 않고 살 수 있단 말인가? 화는 빨리 없애버려야 할 나쁜 것이 아니다. 화는 나를 돌봐 달라는 신호다. 그 신호를 알아차릴 때 나를 잘 돌볼 수 있다. 화는 없애는 것이 아니라 다스리는 것이다. 이때 호흡은 훌륭한 명상의 도구가 된다. 그냥 솔직하게 나의 화를 수용하고 인정한다.

　내 안에 일어나는 화도 나의 일부이다. 화가 난 그대로의 나를 수용해야 한다. 화를 없애거나 억압하려 하지 않는다. 또한 화를 한 덩어리로 보지 않고 잘게 나눠서 바라보면 화의 본질이 보인다. 화와 나 사이에 공간이 생기면서 생각하게 된다. 상대방을 비난하는데 나의 좋은 에너지를 쓰지 않는다. 소중한 나를 위해 쓴다. 쓰레기 더미에서 꽃이 피듯 내 안에 화를 나를 성장하는 밑거름으로 쓴다. 그 사람을 내가 단죄하고 변하라고 아무리 말해도 변화하지 않는다. 그 사람이 자신을 알아차렸다면 나에게 상처를 주지 않았을 것이다. 어리석은 사람이다. 내가 변하는 게 더 빠르다. 내가 그 사람을 거울삼아 변화하는 게 현명한 방법이다. 버리는 시간은 없다. 나름대로 다 의미가 있다. 나를 상처 주는 그 사람을 보지 말고 나를 돌아본다. 나에게 상처 주는 사람은 나를 꽃피우기 위한 사람이다. 고마운 사람이다. 이제 화가 조금은 가라앉지 않나요? 이렇게 나는 내 마음을 잘 가꾸는 정원사이다. 화는 알아차림의 꽃이다.

　화가 날 때 산책하며 걷기 명상하는 것이 도움이 된다. 가만히 서서 낮달을 보면서 해도 좋다. 길섶의 작은 꽃, 당당히 서 있는 나무만 바라보아도 힘이 된다. 불어오는 바람도 나의 마음을 전정시키는 데 도움을 준다. 조건 없이 주는 자연의 위로가 힘이 된다. 자연은 언제 보아도 조건 없는 내 편이다. 화가 날 때는 걸어라.

하지만 화가 났는데 밖으로 나갈 상황이 안 될 때도 있다. 이때는 의자에 앉아서 나를 돌보는 '화 알아차림 명상'을 해 보면 어떨까? 화가 났을 때는 화가 나인 것 같지만, 화는 내가 아니다. 화는 지나가는 나그네와 같다. 또한 화가 났을 때는 화가 오래도록 내 안에 머물러 있을 것 같지만, 오래지 않아 화는 사라진다. 화가 났을 때 상상으로 숲도 걷고 낙엽에 감정을 띄워 보내는 '나뭇잎 명상'도 할 수 있다. 시간이 허락된다면 정말로 물가를 걸으며 낙엽에 화를 실어 보내는 생생한 체험을 해 보자. 가벼워지는 자신을 만날 수 있을 것이다.

'화 알아차림 명상' 멘트 예

· 허리 펴고 고개는 똑바로 앞으로 향합니다.

· 편한 자세로 앉아 눈을 살포시 감습니다.

· 숨을 들이쉬면서, 내 안에 화가 일어나고 있음을 알아차립니다.

- 숨을 내쉬면서, 지금 내가 화 자체임을 알아차립니다.

- 숨을 들이쉬며, 내가 화를 내고 있음을 알아차립니다.

- 숨을 내쉬면서, 화가 나는 나를 보살펴야 함을 알아차립니다.

- 숨을 들이쉬면서, 내 안에 화가 웅크리고 있음을 알아차립니다.

- 숨을 내쉬면서, 나는 화를 진정시킬 만큼 마음에 힘이 있음을 알아차립니다.

- 숨을 들이쉬면서, 나는 내 안에 화가 지나갈 것도 알아차립니다.

- 숨을 내쉬면서, 내 안에 웅크리고 있는 화를 아기처럼 안아줍니다.
  (잠시 화를 두 팔로 아기처럼 포근하게 안아준다.)

- 숨을 들이쉬면서, "괜찮아, 화가 날 수도 있어!"라고 위로해 줍니다.

- 숨을 내쉬면서, 화가 진정되고 내 몸을 빠져서 나감을 느껴 봅니다.

- 숨을 들이쉬면서, 마음이 고요해짐을 느껴 봅니다.

- 숨을 내쉬면서, 마음이 편안해짐을 느껴 봅니다.

- 숨을 들이쉬면서, 화를 잘 다스린 나를 두 팔로 토닥여줍니다.

- 숨을 내쉬면서, 고요해진 나를 편안히 안아줍니다.

- 화가 지나가고 편안해지면 숨을 깊게 들이마시고 내쉬면서 천천히 눈을 뜹니다.

'나뭇잎 명상' 멘트 예

- 허리 펴고 고개는 똑바로 앞으로 향합니다.

- 편한 자세로 앉아 눈을 살포시 감습니다.

일상이 명상이다

- 세 번 반복하여 복식호흡을 한 다음, 자연스러운 호흡을 합니다.

- 나는 지금 녹색의 나무로 둘러싸여 있는 깊은 산속 시냇가에 서 있습니다.

- 파란 하늘에 흰 구름이 한가롭게 흘러갑니다.

- 귓가에는 맑고 고운 새소리가 들립니다.

- 시원한 바람이 불어와 머리칼이 부드럽게 날립니다.

- 계곡은 맑은 물이 졸졸 소리를 내며 흐르고 있습니다.

- 맨발로 시냇물의 한가운데 가서 서 있습니다.

- 시원한 물이 발목에 찰랑입니다.

- 부드러운 모래의 감촉이 발바닥에 느껴집니다.

- 하늘을 향해 고개를 들고 두 팔을 벌린 채 깊게 숨을 세 번 쉽니다.

- 숨을 들이쉴 때마다 맑은 공기가 온몸으로 퍼져나갑니다.

- 숨을 내쉴 때마다 내 몸속에 있는 분노, 화, 탁한 마음을 몸 밖으로 내보냅니다.

✦✦✦

- 시냇물에는 나뭇잎 한 장이 떠 있습니다.

- 잔잔한 물 흐름을 타고 부드럽게 떠 있는 나뭇잎을 바라봅니다.

- 요즘 힘들었던 한 장면을 떠올려봅니다.

- 그때 나의 마음이 반응했던 순간을 떠올려봅니다.

- 그때 나는 어떤 생각과 감정이 들었었나요?

- 그때 느꼈던 생각과 슬픔, 서운함, 짜증, 분노, 화 등의 감정을 나뭇잎 위에 조용히 올려놓습니다.

- 나뭇잎을 천천히 물 위에 띄웁니다.

- 시냇물을 따라 흘러가는 잎을 보면서 감정과 내가 분리되는 것을 지켜봅니다.

- 지금의 나는 화가 났을 때의 내가 아닙니다.

- 지금은 그때의 감정을 지켜보는 '관찰자'일 뿐입니다.

(잠시 명상)

- 지금 나의 마음은 어떤가요?

- 아무런 생각이 들지 않아도 좋습니다.

- 중요한 것은 내가 지금 고요해진 나와 함께 있다는 것입니다.

- 나는 나를 알아차릴 수 있는 존재이며, 자유로울 수 있는 존재입니다.

- 명상이 끝나면 깊게 숨을 들이쉬고 내쉬며 천천히 눈을 뜹니다.

뿐이고 뿐이다

우리는 하루에 많은 일을 하며 살고 있다. 바쁜 와중에 가끔은 생각이 멈추고 편안한 이완을 느껴 본 적이 있을 것이다. 문득 창문 사이로 보이는 분홍색 노을을 처음 보는 사람처럼 경이롭게 바라보았던 경험처럼 말이다. 또는 잎이 떨어지는 길을 아무 생각 없이 걷기도 했을 것이다. 차를 마시며 아름다운 풍경에 몰입된 경험도 있을 것이다. 우리는 그 순간에 기분 좋은 느낌이 들었다는 것을 너무도 잘 안다. 하여 많은 사람이 마음이 편해지는 장소를 찾아 여행을 떠나기도 한다. 이럴 때를 돌아보면 생각이 잠시 멈추었다는 것을 알 수 있다.

어떤 사람은 명상 중에 빛을 보기도 하고, 잊고 있던 어떤 생각이 불현듯 떠오르기도 한다. 몰입의 경지에 들기도 하며 편안한 이완을 경험하기도 한다. 명상은 즐거운 마음이 들어야 잘하는 것은 아니다. 통증이든 불안이든 있는 그대로 보는 것이 핵심이다. 실타래처럼 엉켜 있는 생각들이 하나씩 정리되어 가는 과정이다. 우리는 너무도 바쁜 나머지 이 것을 하면서 저것을 생각하기도 한다. 하지만 사람의 뇌는 채널이 하나이다. 멀티가 된다고 하지만 막상 들여다보면 집중력이 흐트러진다. 한 번에 한 가지를 집중해서 했을 때 어둠 속에 스포트라이트를 켜는 것 같은 에너지가 나온다. 단순하게 한 번에 한 가지씩 집중하는 연습이 필요하다.

일상에서 '~할 뿐이고 뿐이다.'라는 단순한 행위를 연습할 필요가 있다. 명상은 복잡한 생각들이 정리되어 단순해지는 과정이다. 많은 생각은 흙탕물과 같아 정확하게 보는 것을 방해한다. 떠다니는 수많은 생각들이 가라앉을 때 마음은 투명해진다. 마음이 고요해지면 보이지 않았던 것이 보이게 된다. 명상은 조용하고 한적한 곳에서 하면 좋겠지만, 현실적으로 가능하지 않다. 이 모든 것은 매일의 일상에서 할 수 있다. 일어나는 일은 그냥 일어날 뿐이다. 생각을 따라가지 않는다. 일상이 명상이다.

길을 걸을 때는 걸을 뿐이고

음식을 먹을 때는 먹을 뿐이다.

이를 닦을 때는 이를 닦을 뿐이고

청소할 때는 청소할 뿐이다.

대화할 때는 상대방에게 집중할 뿐이고.

샤워할 때는 샤워만 할 뿐이다.

설거지할 때는 설거지만 할 뿐이고

빨래할 때는 빨래만 할 뿐이다.

노을을 볼 때는 노을을 볼 뿐이고

음악을 들을 때는 음악을 들을 뿐이다.

공부할 때는 공부만 할 뿐이고

차를 마실 때는 차를 마실 뿐이다.

소리를 들을 때는 소리를 들을 뿐이고

소리를 따라 멀리 가지 않는다.

생각할 때는 생각을 할 뿐이고

생각을 따라 멀리 가지 않는다.

운전할 때는 운전을 할 뿐이고

지하철을 타면 지하철을 탈 뿐이다.

전시회에 가면 그림을 볼 뿐이고

TV를 볼 때는 TV를 볼 뿐이다.

산에 가면 산을 볼 뿐이고

꽃을 볼 때는 꽃을 볼 뿐이다.

비가 오면 비를 볼 뿐이고

눈이 오면 눈을 볼 뿐이다.

2장 알아차림, 진짜 나를 만나는 시간

숨을 쉴 때는 숨을 쉴 뿐이고

관찰할 때는 관찰을 할 뿐이다.

화가 나면 화를 볼 뿐이고

즐거우며 즐거움을 볼 뿐이다.

일어나고 사라지는 현상을

알아차리는 것일 뿐

원인과 결과를 따지지 않는다.

명상은 반응이 아니라 주시이다.

반응은 행동을 일으키고

행동은 욕심과 성냄과 어리석음을

가져온다.

주시는 알아차림을 가져오고

변화하게 만든다.

3장

일상, 삶 속에 명상이 머무는 시간

명상은 특별한 순간에만 이루어지는 것이 아니다.
명상은 모든 시간 속에서 삶과 떨어지지
않은 채, 함께 걸어간다.
일상의 모든 순간이 명상이다.

1

숨만 잘 쉬어도 행복하다 (호흡명상)

숨은 우리가 죽을 때까지 쉬어야 하는 삶의 기본이다. 노력하지 않아도 누구나 공평하게 쉴 수 있는 축복이다. 하지만 숨이 쉬어지지 않아서 고통받는 사람들도 있다. 당연한 숨이 자연스럽지 못한 사람이 많다는 말이다. 우리가 누리고 있는 것들은 당연히 주어지는 것은 없다. 나에게 부여된 것들은 축복이다. 숨을 잘 쉴 수 있다는 것 또한 행복이다.

아기들이 잠잘 때 보면 숨을 따라 배가 올라갔다 내려갔다 한다. 우리도 태어날 때는 배로 숨을 쉬는 '복식호흡'을 했었다. 살다 보니 빨리해야 하는 일, 스트레스받는 일들을 많이 겪었다. 따라서 숨이 가슴으로 자꾸 올라와 가슴호흡을 하게 된 것이다. 우리가 쉬는 호흡에는 비밀이 숨어 있다. 들이쉬는 숨은 활성화와 관련된 '교감신경'과 연결되어 있다. 내쉬는 숨은 흥분을 내리는 '부교감신경'과 연결되어 있다 '부교감신경'은 활성화된 기운을 내려서 평형을 유지하는 중요한 역할을 한다. 사람이 다쳤을 때 '교감신경'은 잘라도 살지만 '부교감신경'을 잘라내면 죽는다고 한다. 그만큼 평형을 유지하는 것이 중요하다는 말이다. 우리는 너무 좋은 일만 있어서 흥분상태가 지속되면 불편을 느낀다. 또한 나쁜 일이 많아서 긴장이 계속된다면 불안하게 된다.

가슴호흡은 자동조정 호흡이므로 에너지가 많이 든다. 복식호흡은 수동호흡이며 가슴호흡을 하는 데 소비되는 에너지의 반이면 충분하다. 적은 에너지로 숨을 쉴 수 있다는 말이다. 그렇다고 습관이 된 지금 복식호흡으로 숨을 다 바꿀 필요는 없다. 명상하기 전이라도 복식호흡을 해 보면 어떨까? 사람은 무엇이든 21일 지나야 습관이 들기 시작한다. 또 3개월이 지나야 습성이 제대로 자리 잡는다. 복식호흡은 우리가 처음부터 가지고 있던 호흡이라 조금만 주의를 기울이면 할 수 있다. 하지만 무리해서 호흡할 필요는 없다. 몸이 준비되지 않았는데 호흡을 자꾸 통제하면 머리가 아플 수 있다. 명상은 호흡을 잘 쉬려고 연습하는 것이 아니다. 호흡이 주가 아니라 마음의 자세가 중요하다. 호흡은 명상하는 과정의 도구일 뿐이다. 꾸준히 명상하다 보면 나도 모르게 복식호흡을 하는 자신을 발견할 수 있다.

예전에 TV 오디션 프로그램에 가수 박장현이 나왔었다. 가수 활동을 잘하다가 생방송 중에 음 이탈이 난 뒤로 노래를 못 부르게 되었다고 한다. 그 후로 사람 많은 곳에 가면 숨이 가빠지면서 호흡곤란이 오는 공황장애가 나타났다. 박장현이 경연하는 동안 숨이 가빠지면 비닐봉지를 대고 숨을 쉬는 모습도 방송에 그대로 나왔다. 남들이 평범하게 쉬는 숨이 그 사람에게는 너무도 힘들어 보였다. 그러다가 〈한숨〉이라는 노래를 부르게 되었다. 정말 그 가수가 숨을 쉬는 것이 얼마나 힘든지 그대로 전해져서 많은 사람이 눈물을 지었다. 더욱 이 노래를 만든 '종현'이라는 가수는 아이러니하게도 이 곡을 만들고 자살했다. '얼마나 숨을 쉬며 사는 게 힘들었으면 이런 가사를 쓸 수 있었을까?' 하는 생각이 든다. 그 가사를 살펴보면 더 마음이 짠해진다.

숨을 크게 쉬어 봐요

당신의 가슴 양쪽이 저리게

조금은 아파올 때까지

숨을 더 뱉어 봐요

당신의 안에 남은 게 없다고

느껴질 때까지

숨이 벅차올라도 괜찮아요

아무도 그댈 탓하진 않아

가끔은 실수해도 돼

누구든 그랬으니까

괜찮다는 말

말뿐인 위로지만

-후략-

　호흡명상은 어디에서나 할 수 있는 좋은 명상이다. 숨을 안 쉬는 사람은 없다. 자동으로 들고 나가는 숨, 그 알아차림만으로도 편안해질 수 있다. 쫓기는 짐승들의 숨이 가쁜 것처럼 불안한 사람의 숨은 짧다. 우리가 죽을 때까지 쉬어야 하는 숨! 알아차리고 잘 쉴 때 행복해진다. 명상은 거창한 것이 아니다. 내가 쉬고 있는 숨도 알아차리면 명상이다. 일상이 명상이다. 숨만 잘 쉬어도 행복하다. 생활 속에서 '호흡명상'을 해 보자.

〈호흡명상〉 멘트 1

· 허리 펴고 고개는 똑바로 앞으로 향합니다.

· 편한 자세로 앉아 눈을 살포시 감습니다.

· 호흡을 잘 쉬려는 생각을 내려놓습니다.

· 태어나서 처음 숨을 쉬어 보는 사람처럼 호흡을 낯설게 바라봅니다.

· 호흡이 짧으면 짧은 대로 호흡이 길면 긴 대로 알아차립니다.

- 호흡이 얕으면 얕은 대로 깊으면 깊은 대로 알아차립니다.

- 호흡이 빠르면 빠른 대로 호흡이 느리면 느린 대로 알아차립니다.

- '호흡을 잘 쉬어야지' 하는 욕구를 내려놓습니다.

- '호흡이 깊어져야지' 하는 욕구를 내려놓습니다.

- 숨이 언제 얼마만큼 들어가는지 조용히 지켜봅니다.

- 숨이 언제 나와서 끝나는지 조용히 지켜봅니다.

- 들숨과 날숨을 가만히 지켜봅니다.

- 의도적으로 숨을 조절하려고 하지 말고 그냥 지켜보기만 합니다.

- 호흡을 잘 쉬려고 통제하지 않습니다.

- 자연스럽게 몸이 호흡하도록 내버려둡니다.

- 들이쉴 때 몸이 알아서 들이쉬고 내쉴 때 몸이 알아서 내쉬도록 지켜만 봅니다.

- 들고 나가는 숨을 조용히 지켜봅니다.

(호흡명상)

- 호흡이 부드럽고 편안하게 안정되었다면 명상을 끝냅니다.

- 숨을 편안하게 들이마시고 내쉽니다.

- 몸을 천천히 움직이며 부드럽게 눈을 뜹니다.

〈호흡명상〉 멘트 2

- 허리 펴고 고개는 똑바로 앞으로 향합니다.

- 편한 자세로 앉아 눈을 살포시 감습니다.

일상이 명상이다

- 태어나서 처음 쉬어 보는 숨처럼 호흡을 낯설게 바라봅니다.

- 숨이 들어가고 나가는 것을 느끼며 호흡에 이름을 붙여 봅니다.

- 들이마시면서 들숨~ 내쉬면서 날숨~

- 코끝에 의식을 두고 숨을 들이마실 때 서늘한 공기가 들어오는 것을 알아차립니다.

- 숨을 내쉴 때 미지근한 공기가 코를 스치며 나가는 것을 알아차립니다.

- 들숨과 날숨의 흐름을 알아차리며 부드럽게 호흡과 하나가 되어 봅니다.

- 지금 나의 마음은 어디에 머물고 있는지 알아차려 봅니다.

- 마음이 여기가 아닌 과거나 미래에 가 있으면 알아차리고 지금 여기로 데려옵니다.

- 천천히 부드럽게 친절하게 데려옵니다.

- 마음이 현재를 벗어나 자주 달아나더라도 그때마다 알아차리고 호흡으로
  돌아옵니다.

(호흡명상)

- 호흡이 부드럽고 편안하게 안정되었다면 명상을 끝냅니다.

- 숨을 편안하게 들이마시고 내쉽니다.

- 몸을 천천히 움직이며 부드럽게 눈을 뜹니다.

〈호흡명상〉 멘트 3

- 허리 펴고 고개는 똑바로 앞으로 향합니다.

- 편한 자세로 앉아 눈을 살포시 감습니다.

- 좋은 일이 있었든 나쁜 일이 있었든, 잠시 내려놓고 지금 호흡에 집중하려는
  마음을 갖습니다.

3장 일상, 삶 속에 명상이 머무는 시간

· 어떤 일이 있었든, 어떤 걱정이 있든, 이 시간만은 생각의 보따리를 잠시
  내려놓습니다.

· 코끝에 의식을 두고 들이마시는 숨에 차가운 공기가 콧속으로 들어감을 느껴
  봅니다.

· 내쉬는 숨에 미지근한 공기가 콧속을 지나감을 느껴 봅니다.

· 들이마시고 내쉬고 오직 숨을 쉬고 있음에 집중합니다.

· 지금, 이 순간은 나는 아무도 아닙니다.

· 엄마도 아내도 남편도 아무도 아닙니다.

· 숨을 들이쉬고 내쉬는 한 사람일 뿐입니다.

· 이 시간은 오롯이 나로 존재하는 시간입니다.

· 숨이 들어가고 나가는 과정을 조용히 관찰하는 사람입니다.

· 잡념이 떠오르면 생각을 따라가지 않습니다.

· '잡념이 일어나는구나!' 하고 알아차리고 자연히 흘러가도록 내버려둡니다.

· 그리고 다시 호흡으로 돌아옵니다.

· 숨이 들어가고 나가는 과정을 조금 거리를 두고 고요히 지켜봅니다.

· 지금 여기에 온전히 숨과 내가 함께 있음을 느껴 봅니다.

(호흡명상)

· 몸과 마음이 편안하게 안정되었다면 명상을 끝냅니다.

· 숨을 편안하게 들이마시고 내쉽니다.

· 몸을 천천히 움직이며 부드럽게 눈을 뜹니다.

일상이 명상이다

2

길을 가다 멈출 때 (시 명상)

막내 수녀님이 휴가를 나와서 계양산 둘레 길을 걷기로 했다. 김밥 두 알, 설레는 마음 함께 배낭에 넣고 길을 나섰다. 오늘의 산은 또 어떤 얼 굴을 하고 있을까? 마음부터 먼저 설렜다. 둘레길 초입부터 연초록의 나무들이 바람에 한가로이 손을 흔들고 있었다. 초록의 향연, 이보다 더 가슴 벅찬 광경이 어디 있을까? 이 순한 연둣빛보다 더 가슴 설레는 빛 이 또 있었던가?

신갈나무의 잎은 제법 자라 손바닥만 하다. 느티나무잎들은 게으름을 피웠는지 이제 노란 자잘한 잎들이 먼 가지 끝에서 흔들린다. 노란 잎들 이 파란 하늘과 어울려 보고 있으면 간질간질한 행복이 온몸으로 밀려 온다. 바위틈으로 물이 내려오는 웅덩이에는 연두색 잎들과 파란 하늘 이 가득 담겨 있다. 가까이 들여다보니 도롱뇽알도 함께 담겨 있다. 둘 레 길을 걸으며 자꾸 걸음이 멈춰진다. 멈춘 만큼 보이지 않았던 것들이 보인다. 방울처럼 달린 으름덩굴 꽃의 얼굴도 보고, 별처럼 빛나는 이름 모를 풀꽃을 보면서 둘레길을 걸었다.

바람이 시원히 불어와 나무를 흔들어 쏴 하고 숲들이 내는 소리가 들린다. 벤치에 앉아 동생과 김밥 두 알 까먹고 다시 길을 걸었다. 피 고개를 돌아 장미공원으로 내려오는 길엔 전에도 보았던 돌탑이 우뚝우뚝 서 있다. 오늘 보니 돌탑도 봄이 되어 다시 깨어나는 느낌이다. 한여름 땡볕에서 보던 그 짱짱했던 돌탑의 느낌이 아니다. 봄에만 느낄 수 있는 특별한 감정이다.

오늘 내가 걸은 이 길은 오늘만 걸을 수 있는 길이다. 오늘이어서 걸을 수 있는 길이다. 멈추면 보이지 않았던 많은 것들이 보인다. 인디언들은 말을 타고 달리다가 잠시 멈추어 서서 뒤를 돌아다본다고 한다. 발걸음이 늦은 자신의 영혼이 잘 따라오지 못할까 봐 기다려 주는 것이라고 한다. 우리의 인생도 그렇지 않을까? 때로는 멈춰 서서 나를 돌아보는 시간이 필요하다. 멈출 수 있어서 행복한 하루였다. 오늘을 즐길 수 있어서 행복한 하루였다.

들꽃향기 신계숙

오늘 내가 걸은 이 길은 오늘만

걸을 수 있는 길이다

오늘 보는 꽃은 오늘만 볼 수 있는 꽃이다

오늘이어서 볼 수 있는 꽃이다

꽃은 내일을 살지 않는다

오늘이 마지막인 날처럼 기쁘게 산다

꽃은 내려놓을 때를 알고 산다

꽃잎을 던질 때는 미련 없이 던진다

땅에 누운 꽃잎이 여전히 빛나는 이유다

꽃은 마지막 날처럼 오늘을 산다

오늘 지나간 시간은 다시 오지

않는다는 것을 알기에

3장 일상, 삶 속에 명상이 머무는 시간

오늘 걸은 이 길은 오늘의 길이다

오늘 걸은 이 길은 오늘만

걸을 수 있는 길이다

피는 꽃 앞에 멈추어 서라

지는 꽃 앞에 멈추어 서라

나도 지고 있는 꽃잎인지 모르니

언제 또 저 꽃 앞에 설 수 있겠는가?

일상이 명상이다

3

귤 속의 우주 (먹기 명상)

우리는 음식을 먹을 때 온갖 생각을 한다. 음식을 씹는다는 행위는 이미 오랜 시간 몸이 자동으로 해 온 일이다. 특별히 주의를 기울이지 않아도 저절로 씹고 잘 넘긴다. 우리는 배가 고프면 음식을 허겁지겁 배를 채우는 데 급급하다. 입은 씹고 있으면서 머리로는 다른 생각을 열심히 한다. 음식의 맛과 향은 어떤지 음미해야 하는데 말이다. 음식을 먹으면서 생각을 한다는 것은 지금 여기에 내가 없다는 말과 같다. 많은 사람이 음식을 먹는 게 아니라 생각을 먹는다. 과거도 먹고 미래도 먹고 계획도 먹는다.

음식을 먹을 때는 그냥 즐겁게 먹으면 된다. 처음 음식을 보면 먹고 싶은 욕구가 올라오는지 알아차린다. 음식은 사소한 음식 하나를 먹더라도 정성스럽게 천천히 먹는다. 또한 이 음식이 내게 오기까지 많은 사람의 노력이 있었음에 감사하는 마음도 갖는다. 내가 먹는 음식 속에는 햇빛, 비, 구름, 바람, 흙 등 모든 것이 다 들어 있다. 사소한 음식 하나라도 그 속에 온 우주가 다 들어 있는 셈이다. 어느 것 하나라도 부족했다면 이 음식은 내 앞에 없었을 것이다. 음식을 먹는 일은 우주와 연결되는 일이다.

음식을 먹을 때 근심이나 걱정은 잠시 내려놓는다. 밥을 먹을 동안 걱정이나 근심을 잠시 내려놓는다고 해서 없어지는 것은 아니다. 음식을 다 먹고 다시 걱정해도 된다는 마음으로 툭! 내려놓는다. 음식을 먹을 때는 오직 음식을 씹고 맛보고 향을 즐기면서 먹는 일에 충실해야 한다. 귤 한 알 속에는 온 우주가 다 들어 있다. 음식을 먹는 일은 우주와 연결되는 성스러운 일이다. 음식은 관계이며 상호 연결되어 있음을 보여준다. 이것이 없으면 저것이 없고, 저것이 있으면 이것도 있다. 틱낫한 스님은 『살아 있는 지금 이 순간이 기적』이라는 저서에서 "저 하늘이 맑은 것은 저 강이 맑기 때문이다."라고 말한다. 서로 연결되지 않은 것은 하나도 없다는 말이다. 귤 한 알을 먹는 것은 우주와의 연결이며, 또한 기적을 먹는 일이다.

'귤 명상' 멘트 예

- 허리와 가슴, 목을 반듯하게 펴고 편안한 자세로 앉습니다.

- 세 번 반복하여 복식호흡을 한 다음, 자연스러운 호흡을 합니다.

- 눈을 감고 귤이 내게 오기까지 과정을 천천히 떠올려 봅니다.

- 이 귤 한 알에는 햇빛과 바람과 비가 모두 들어 있습니다.

- 이 귤은 우주가 내게 준 선물입니다.

- 귤 싹이 돋고 햇볕이 따뜻하게 귤을 비춰 주고 있습니다.

- 뿌리는 든든하게 땅으로 뻗어 물을 길어 올립니다.

- 바람과 비가 적당히 싹을 돌봐서 드디어 꽃봉오리가 피어납니다.

- 꽃이 지고 녹색 귤이 가지 끝에 달립니다.

- 햇볕과 바람과 비가 귤을 키웁니다.

- 이 귤 한 알은 농부가 정성을 다해 길러낸 결실입니다.

- 농부가 귤을 따서 상자에 담습니다. 탐스러운 노란 귤이 상자 가득합니다.

- 귤은 자동차나 배를 타고 상점을 거쳐 나에게로 왔습니다.

- 이 귤 한 알에는 여러 사람의 땀과 노력이 들어 있습니다.

- 귤은 단순한 귤이 아니라 모든 것과 연결된 결실입니다.

- 많은 사람의 도움이 없었다면 지금 내 손에 귤은 없었을 것입니다.

- 여러 인연의 손을 거쳐 나에게 온 귤에 감사하는 마음을 갖습니다.

◆◆◆

- 눈을 뜨고 귤을 처음 보는 것처럼 낯선 마음으로 바라봅니다.

3장 일상, 삶 속에 명상이 머무는 시간

· 귤을 보면서 먹고 싶은 욕구가 드는지 알아차려 봅니다.

· 귤을 손으로 만지면서 어떤 느낌이 드는지 느껴 봅니다. (촉감)

· 귤을 눈으로 관찰하면서 무엇이 보이는지 알아차려 봅니다. (시각)

· 귤껍질을 천천히 벗기면서 껍질에서 느껴지는 느낌을 알아차려 봅니다. (촉감)

· 귤의 껍질과 알맹이에서 풍기는 향기를 알아차려 봅니다. (후각)

· 귤을 껍질을 벗기면서 무슨 소리가 들리는지 들어봅니다. (청각)

· 귤껍질과 속 알맹이는 어떻게 감촉이 다른지 느껴 봅니다. (촉감)

· 귤 한 조각을 천천히 씹으면서 어떤 맛이 느껴지는지 알아차려 봅니다. (미각)

· 귤을 씹을 때 혀는 어떻게 움직이는지 알아차려 봅니다.

· 귤이 목으로 넘어갈 때 느낌은 어떤지 알아차려 봅니다.

· 귤을 다 먹고 입 안에 남아 있는 느낌을 알아차려 봅니다.

· 귤을 먹기까지 어떤 과정이 연결되어 있는지 알아차려 봅니다. (먹는 행위
알아차림)

4

꽃잎 바디스캔 (몸 살피기 명상)

많은 사람이 바쁘다고 쉴 시간이 없다고 말한다. 또 쉬지 않고 무엇인가 하고 있어야만 살아 있는 것을 느낀다고 말한다. 마치 일하기 위해 태어난 사람처럼 쉬지 않고 일을 한다. 그러다 한순간 모든 에너지를 소진하고 탈진하게 된다. 몸이 아프기 시작하고 일도 예전처럼 능률이 오르지 않는다. 그동안 그렇게 움켜쥐고 있던 일을 다 놓았으면 하는 순간이 온다. 쉬지 않고 일을 하는 동안 몸은 아프다고 불편하다고 분명히 주인에게 신호를 보냈을 것이다. 몸이 보내는 신호를 무시하면 몸은 신호 보내는 것을 단념한다. 그러고는 더 심각한 것으로 자신을 드러내 보인다. 몸과 정신이 병들기 시작하는 것이다.

아는 사람 중에도 소진된 사람이 몇몇 있다. 소중한 자신을 돌보는 시간을 가져야 했는데 그렇지 못한 경우이다. 몸이 아픈 경우는 그래도 나은 편이다. '공황장애'라는 정신적 질병을 호소하는 경우가 너무 많다.

이제는 젊은 사람들에게도 '공황장애'가 흔하게 나타나고 있다. 그런 사람들을 보면 삶 자체가 긴장의 연속이었다. 긴장될 수밖에 없는 사회 탓도 있지만, 본인의 책임도 있다고 본다. 자신을 돌보는 시간을 전혀 할애하지 않고 살았기 때문이다. 내가 일을 좀 덜 한다고 세상이 마비되지는 않는다. 하루 중에 나를 돌보는 시간을 조금만 내주면 어떨까?

점심을 먹은 후 산책하거나 나를 위해 차 한잔 마시는 시간을 갖는다. 조용한 음악을 듣거나 잠시 명상하는 시간을 보낸다. 나를 돌보는 시간은 그리 길지 않아도 된다. 의자에 앉아서, 잠시 걸으면서 얼마든지 할 수 있다. 다만 마음이 문제이다. 오롯이 나를 위한 시간을 가질 수 있느냐의 문제다.

몸이 온종일 의자에 앉아 긴장되었을 때 아름다운 '꽃잎 바디스캔'으로 몸을 살피는 명상은 긴장을 풀어준다. 꽃잎 바디스캔은 누워서 해도 좋고 의자에 앉아서 해도 좋다. 어디서든지 할 수 있다. 오감을 집중해서 나의 몸을 살피면 된다. '몸 살피기 명상'은 꽃잎이라는 예쁜 도구를 활용한 명상이다. 처음 명상하는 사람도 쉽게 따라 할 수 있다. 다만 어린아이 같은 순수한 마음이 필요하다. 명상 안내는 다정한 자신의 목소리로 녹음해서 사용해도 좋고, 마음으로 조용히 읊조리며 해도 된다.

'꽃잎 바디스캔' - 몸 살피기 명상

(준비 자세)

- 바닥에 두껍지 않은 매트나 요를 깔고 등을 대고 눕습니다.
  (의자에 앉아서 해도 됩니다.)

- 몸은 적당히 따뜻하게 유지할 수 있도록 담요를 덮습니다.

- 양발은 편안하게 벌려서 살랑살랑 흔들어 줍니다.

- 양손은 손등이 바닥으로 오게 몸에서 조금 떨어진 곳에 둡니다.

- 머리는 천장을 향하고 마음은 편안하게 갖습니다.

- 조용히 눈을 감고 숨을 들이마시고 내쉬면서 배가 오르락내리락하는 것을 느껴
  봅니다.

- 세 번 반복하여 복식호흡을 한 다음, 자연스러운 호흡을 합니다.

- 몸 전체가 바닥에 닿아 있는 부분에 집중하여 느껴지는 대로 느껴 봅니다.

- 지금 여기 내가 온전히 존재하고 있음을 알아차려 봅니다.

'꽃잎 바디스캔' 멘트 예

- 예쁜 꽃잎이 꽃비가 되어 내리고 있습니다.

- 예쁜 꽃잎은 내가 좋아하는 빛깔이며, 가볍고 우아하게 날아다닙니다.

- 손바닥에 꽃잎이 한 장 가볍게 내려앉습니다. 그 감촉을 느껴 봅니다.

- 꽃잎 한 장이 내 이마에 살짝 내려앉습니다. 이마 부위가 편안해집니다.

3장 일상, 삶 속에 명상이 머무는 시간

- 이제 꽃잎이 내 얼굴에 살짝 내려앉습니다.
  얼굴이 편안하게 풀어지며 미소가 지어집니다.

- 꽃잎이 내 어깨에도 내려앉습니다. 어깨가 편안하게 풀어집니다.

- 이제 꽃잎이 내 왼팔에도 내려앉습니다. 왼팔이 편안하게 풀어집니다.

- 예쁜 꽃잎이 내 오른팔에도 내려앉습니다. 오른팔이 편안하게 풀어집니다.

- 예쁜 꽃잎이 왼손에도 내려앉습니다. 왼손이 편안하게 풀어집니다.

- 이제 꽃잎이 오른손에도 내려앉습니다. 오른손이 편안하게 풀어집니다.

- 예쁜 꽃잎이 가슴에 내려앉습니다. 가슴이 편안하게 안정됩니다.

- 예쁜 꽃잎이 내 배에도 내려앉습니다. 배가 편안하게 풀어집니다.

- 예쁜 꽃잎이 내 허리에도 내려앉습니다. 허리가 편안하게 풀어집니다.

- 예쁜 꽃잎이 왼쪽 다리에 내려앉습니다. 왼쪽 다리가 편안하게 풀어집니다.

- 이제 꽃잎이 오른쪽 다리에도 내려앉습니다.
  오른쪽 다리가 편안하게 풀어집니다.

- 예쁜 꽃잎이 내 왼발에 내려앉습니다. 왼발이 편안하게 풀어집니다.

- 예쁜 꽃잎이 내 오른발에도 내려앉습니다.
  오른발이 편안하게 풀어집니다.

- 내 몸은 날아갈 듯 가볍고 편안해졌습니다.

- 구름 위에 떠 있는 듯 가볍습니다.

- 오늘 하루 느꼈던 긴장감이 모두 사라지고 편안합니다.

- 잠시 그 편안함을 온몸으로 느껴 봅니다.

(잠시 명상)

- 명상이 끝나면 손과 발을 살랑살랑 흔들어 줍니다.

- 숨을 깊게 들이마시고 내쉬며 부드럽게 눈을 뜹니다.

- 손을 비벼서 눈에 댑니다.

- 손을 비벼서 얼굴에도 댑니다.

- 팔, 다리도 가볍게 털어주면서 천천히 일상으로 돌아옵니다.

'나만의 별빛 바디스캔 명상' 멘트 예

(준비 자세)

- 바닥에 두껍지 않은 매트나 요를 깔고 등을 대고 눕습니다.
  (의자에 앉아서 해도 됩니다.)

- 몸은 적당히 따뜻하게 유지할 수 있도록 담요를 덮습니다.

- 양발은 편안하게 벌려서 살랑살랑 흔들어 줍니다.

- 양손은 손등이 바닥으로 오게 몸에서 조금 떨어진 곳에 둡니다.

- 머리는 천장을 향하고 마음은 편안하게 갖습니다.

- 조용히 눈을 감고 숨을 들이마시고 내쉬면서 배가 오르락내리락하는 것을 느껴
  봅니다.

- 세 번 반복하여 복식호흡을 한 다음, 자연스러운 호흡을 합니다.

- 몸 전체가 바닥에 닿아 있는 부분에 집중하여 느껴지는 대로 느껴 봅니다.

- 지금 여기 내가 오롯이 존재하고 있음을 알아차려 봅니다.

'나만의 별빛 바디스캔' 멘트 예

- 까만 밤하늘에 오직 나를 내려다보는 빛나는 황금별이 하나 떠 있습니다.

- 별은 황금빛으로 오직 나를 비추고 있습니다.

- 황금빛별이 내 몸을 비출 때마다 몸 안에 있는 분노, 걱정, 바이러스, 병균 등이 몸 밖으로 사라진다고 상상합니다.

- 황금빛별이 내려와 이마를 비춥니다. 이마가 편안해짐을 느껴 봅니다.

- 황금빛별이 내려와 얼굴을 비춥니다. 얼굴이 편안해지며 미소가 지어집니다.

- 황금빛별이 내려와 목을 비춥니다. 목이 편안해짐을 느껴 봅니다.

- 황금빛별이 내려와 어깨를 비춥니다. 어깨가 편안하게 풀어집니다.

- 황금빛별이 내려와 왼팔을 비춥니다. 왼팔이 편안해짐을 느껴 봅니다.

- 황금빛별이 내려와 오른팔을 비춥니다. 오른팔이 편안해짐을 느껴 봅니다.

- 황금빛별이 내려와 왼손을 비춥니다. 왼손이 편안해짐을 느껴 봅니다.

- 황금빛별이 내려와 오른손을 비춥니다. 오른손이 편안해짐을 느껴 봅니다.

- 황금빛별이 내려와 가슴을 비춥니다. 가슴 부위가 편안해짐을 느껴 봅니다.

- 황금빛별이 내려와 배를 비춥니다. 배가 편안해짐을 느껴 봅니다.

- 황금빛별이 내려와 허리를 비춥니다. 허리가 편안해짐을 느껴 봅니다.

- 황금빛별이 내려와 왼쪽 다리를 비춥니다. 왼쪽 다리가 편안해짐을 느껴 봅니다.

- 황금빛별이 내려와 오른쪽 다리를 비춥니다. 오른쪽 다리가 편안해짐을 느껴 봅니다.

- 황금빛별이 내려와 왼쪽 발을 비춥니다. 왼쪽 발이 편안해짐을 느껴 봅니다.

일상이 명상이다

· 황금빛별이 내려와 오른쪽 발을 비춥니다. 오른쪽 발이 편안해짐을 느껴 봅니다.

· 온몸이 편안하게 이완됩니다.

· 나는 그냥 빛나는 한 덩어리의 황금색 빛이 되었습니다.

· 내 몸은 날아갈 듯 가볍고 편안해졌습니다.

· 내 몸은 구름 위에 떠 있듯 가볍습니다.

· 오늘 하루 느꼈던 긴장감이 모두 사라지고 편안합니다.

· 잠시 그 편안함을 온몸으로 느껴 봅니다.

(잠시 명상)

· 명상이 끝나면 손과 발을 살랑살랑 흔들어 줍니다.

· 부드럽게 눈을 뜹니다.

· 손을 비벼서 눈에 댑니다.

· 손을 비벼서 얼굴에도 댑니다.

· 팔, 다리도 가볍게 털어주면서 천천히 일상으로 돌아옵니다.

3장 일상, 삶 속에 명상이 머무는 시간

5

설거지를 위한 설거지 (설거지 명상)

밥을 먹고 사는 우리는 죽을 때까지 설거지를 피할 수 없다. 먹을 땐 좋지만 일단 배가 부르면 지저분한 설거지를 하기 싫어진다. 하지만 누군가는 꼭 해야 하는 설거지! 예전에는 거의 엄마들의 몫이었다. 하지만 지금은 아빠들도 설거지를 많이 하고 있다. 여전히 더럽고 하기 귀찮은 설거지, 죽을 때까지 먹고 살아야 하는데 이대로 괜찮을까?

유명한 틱낫한 스님은 "설거지를 위한 설거지를 해라."라고 말했다. 틱낫한 스님은 설거지할 자세가 되어 있지 않은 사람에게는 설거지시키지 않았다. 심지어는 "설거지를 제대로 못 하는 사람은 다른 것도 제대로 할 수 없다."라고 말했다. 설거지를 성스러운 일이라고 생각한다면 조금은 마음이 달라지지 않을까?

지인 중에 한 사람은 저녁에 밥을 먹고 나면 가족이 모두 제 방으로 다

일상이 명상이다

가버리고 혼자 남았다고 한다. 주방에 외톨이 같이 남아서 설거지하는 자신이 너무도 처량하고 싫었다고 한다. 어떻게든지 빨리 해치우고 싶어서 핸드폰으로 보지 못한 드라마를 틀어 놓고 설거지를 했다고 한다. 그러다 틱낫한 스님의 '설거지를 위한 설거지를 해라.'라는 말을 듣고 아차 싶었다고 한다. 하여 마음을 바꾸고 설거지를 하기로 했다. 일단 핸드폰으로 보던 드라마를 껐고, 그릇 하나하나를 성스러운 물건으로 여기며 설거지를 했다. 여유를 가지고 보니까 주방의 창문 너머로 그동안 보이지 않던 나무들이 보이더란다. 그렇게 설거지를 위한 설거지를 하게 되니 귀찮게 여겨졌던 설거지 시간이 스트레스로 다가오지 않더라는 것이다. 손끝에 닿는 물의 촉감도 섬세하게 느껴 보게 되었다. 또한 깨끗하게 씻겨 가는 그릇을 보면서 자신의 마음도 깨끗해지는 것 같았다고 한다. 이제는 설거지 시간이 여유로운 나만의 시간이 되었다고 말한다.

또 다른 지인은 '그까짓 설거지쯤이야' 하고 설거지를 하는 자신을 관찰자의 눈으로 살펴보다가 깜짝 놀랐다고 한다. 설거지하는 동안 생각은 이리저리 돌아다니더란다. 다시 생각을 설거지하는 곳으로 데려오면 어느새 또 다른 곳으로 자꾸 달아나더라는 것이다. 설거지에 온전히 집중하지 못하는 자신을 보게 되었다고 한다. '설거지 명상'을 아는 것과 모르는 것의 차이는 천지 차이이다. 유명한 기업인 빌 게이츠도 '설거지 명상'을 알고 있었던 것 같다. 가족들이 설거지를 못 하게 쌓아 놓고, 저녁이면 '설거지 명상'을 즐겼다고 한다.

3장 일상, 삶 속에 명상이 머무는 시간

　무엇을 한들 그렇지 않겠는가? 살아오는 동안 우리의 생각은 이리저리 돌아다니며 제멋대로 살아왔다. 하여 알아차리지 않으면 우리의 생각은 여기를 떠나 달아나는 데 아주 익숙하다. 하루하루 반복되는 먹고 그릇을 씻는 일, 아무도 하고 싶지 않은 설거지! 마음을 알아차리고 바꾼다는 것은 변화의 시작이다. 깨닫지 않으면 고통은 고통으로 남는다. 하지만 알아차리는 사람에게는 하찮은 설거지도 즐거운 수행의 시간이 된다.

　설거지는 끝나도 설거지의 여운은 단순하게 끝나지 않는다. 이제 설거지의 시간은 고통이 아닌 수행의 시간이 되는 것이다. 그 단순한 깨달음이 일상으로 이어질 수 있다. 일상에서의 다른 명상 수행이 가능해진다. 설거지를 온전히 못 하는 사람은 다른 일도 잘할 수 없다. 밥 먹으며, 마트 가면서, 청소하면서, 창밖을 내다보면서 명상할 수 있다는 것을 깨닫게 된다. 모두의 고통이었던 설거지가 깨달음의 고리가 되는 것이다.

　명상은 거창한 것이 아니다. 불교에서는 평상시에 갖는 마음이 불심이라고 말한다. 또한 설거지하기 전 암송하던 게송(偈頌)에서는 "그릇을 씻는 일은 아기 부처를 목욕시키는 일과 같네."라고 했다. 그 표현이 놀랍지 않은가? 무엇을 하든 지금 여기에 오롯이 존재하는 것이 명상이다. 알아차림은 모든 것을 가능하게 한다. 모든 행위와 모든 소리와 모든 감촉이 수행의 도구가 된다. 살아가는 일상이 명상이 되는 것이다. 일상이 명상이다.

'설거지 명상' 멘트 예

- 설거지하기 전 마음을 차분히 갖습니다.

- 세 번 반복하여 복식호흡을 한 다음, 자연스러운 호흡을 합니다.

- 성스러운 일을 한다고 생각하며 마음을 고요히 갖습니다.

- 물이 닿는 손끝의 감촉, 부드러운가? 미지근한가? 차가운가? 알아차립니다.

- 물이 그릇에 닿아 부딪치는 큰소리, 작은 소리, 미세한 소리
  그릇과 그릇이 부딪치는 소리를 알아차립니다.

- 물에서 풍기는 물의 냄새, 세제의 냄새, 그릇과 물과 세제와 손이 어우러진 모습을
  보이는 대로 판단하지 않고 바라봅니다.

- 모든 감각이 지금, 현재에 머물고 있음을 깨닫습니다.

✦✦✦

- 그릇 하나, 하나를 성스러운 물건 다루듯이 정성껏 다룹니다.

- 지금 여기서 느껴지는 물, 그릇, 감촉, 소리, 냄새 등 오감에 집중합니다.

- 설거지하면서 깨어나는 오감을 알아차립니다.

- 나는 단지 지금 여기에서 오감을 느끼며 설거지할 뿐입니다.

- 설거지하다 생각이 다른 데로 흩어지면 알아차리고 다시 설거지로 돌아옵니다.

✦✦✦

- 물이 흐르고 더러운 찌꺼기가 씻겨 흘러가는 대로 마음도 조용히 그 흐름을
  따라갑니다.

- 생각이 자꾸 일어나면 '생각이 일어나는구나!' 알아차리고 흐르는 물에
  흘려보냅니다.

- 설거지하는 동안만은 설거지하는 온전한 나로 존재합니다.

- 설거지하는 동안은 아내도 엄마도 남편도 아닙니다.

- 그냥 설거지하는 한 사람으로 존재합니다.

- 설거지를 위해 설거지를 할 뿐입니다.

- 설거지에 집중하면서 비로소 내면의 나와 만납니다.

◆◆◆

- 그릇을 닦는 동안 하루 동안의 번잡했던 마음도 닦고 정리합니다.

- 더러운 그릇을 깨끗하게 닦듯이 내게 일어났던 욕구, 화, 긴장, 두려움 등의
  감정도 그릇과 함께 닦아 나갑니다.

- 그릇의 더러움을 닦듯이 몸과 마음의 티끌도 닦아 갑니다.

- 아무 생각 없이 흐르는 물과 같이 생각도 그 흐름에 맡깁니다.

- 설거지는 그냥 단순한 설거지가 아닙니다.

- 나와 물과 소리와 호흡으로 우주와 연결되는 시간입니다.

- 설거지가 끝나면 가벼워진 나를 느껴 봅니다.

6

청소도 명상처럼 (청소 명상)

집은 며칠만 청소하지 않아도 금방 난장판이 되어 버린다. 청소는 다수의 사람이 하기 싫어하는 일 중에 하나다. 하기도 전에 짜증이 먼저 밀려오고 빨리 해치워버리고 싶어진다. 하지만 청소는 우리가 죽기 전까지 해야만 하는 일에는 틀림이 없다. 그래도 요즘은 청소기도 있고 닦아 주는 청소 로봇도 있으니 이만하면 청소가 많이 쉬워지지 않았을까?

전에 TV에서 청소하지 않고 쓰레기와 함께 생활하는 사람의 집을 보여주는 프로그램이 있었다. 집안이 온통 쓰레기여서 발을 디딜 틈조차 없어 보였다. 그곳에서 밥 먹고 잠자고 심지어는 회사도 다니고 있었다. 그 사람들은 먼 곳에 있는 사람이 아니라 평범한 우리 이웃의 모습이라는 점이 더 충격이었다. 쓰레기를 치우는 회사는 한 달에 50건 이상 문의가 들어온다고 했다. 청소 문의 건수는 점점 늘어간다고 한다. 청소는 하기 싫은 일인 것만은 맞다. 하지만 '하기 싫다.'라는 것은 이미 내 편견이 들어간 의견일 뿐이다. 청소를 천직으로 생각하고 열심히 하는 사람도 있다. 어떤 일이든 마음을 어떻게 먹느냐가 중요하다. 개인의 경험에 비추어 판단하는 마음이 들어가 있으니, 청소는 더욱더 하기 싫은 일이 되지 않았을까? 청소는 내가 사는 곳을 깨끗하게 치우는 의미 있는 일이다. 다만 이런 마음을 갖고 있느냐의 문제인 것 같다.

청소를 자주 한다고 해도 햇살 밝은 곳에서 보면 곳곳에 뽀얀 먼지가 내려앉아 있다. 집뿐이랴. 우리 마음에도 나도 모르게 불안, 걱정, 욕심 등의 감정 찌꺼기가 매일 쌓이고 있다. 그 감정의 노폐물을 치우지 않으면 우리의 마음도 쓰레기로 넘쳐날지도 모른다. 특히 마음의 먼지는 알아차리지 않으면 보이지도 않는다. 그로 인한 반응도 알아차리기가 쉽지 않다. 집 안 청소하면서 그동안 쌓여 있던 마음도 함께 청소해 보면 어떨까?

몇십 년 동안 해 온 청소, 그 하찮다고 생각했던 청소도 명상 수련의 좋은 도구가 된다. 마음을 바꾸면 모든 것이 새롭게 보인다. 문제는 마음에 있다. 살아가는 모든 일상이 명상 수련의 좋은 기회이다. 순간순간 알아차림을 잊지 말아야 한다. 일상이 명상이다.

'청소 명상' 멘트 예

- 숨을 들이마시고 내쉬며 행복하게 청소할 마음 준비를 합니다.

- 청소를 성스러운 일이라고 생각합니다.

- 청소하려는 곳을 둘러봅니다.

- 처음 청소기를 들고 청소하는 것처럼 호기심을 가집니다.

- 청소기를 들고 이리, 저리 먼지를 빨아들입니다.

- 들려오는 청소기의 소리도 '좋다', '나쁘다', '그저 그렇다'라고 판단하지 않습니다.

- 청소기를 밀면서 속으로는 "마음도 닦는다." 읊조리며 청소기를 밉니다.

- 청소기를 밀면서 구석구석을 처음 보는 것처럼 호기심으로 청소합니다.

◆◆◆

- 걸레로 거실 바닥을 닦으며 "마음도 닦는다."라고 읊조립니다.

- 걸레를 들고 창문을 닦으며 "마음도 닦는다."라고 읊조립니다.

- 화장실을 청소하면서 "마음도 닦는다."라고 읊조립니다.

- 빨리 해치우려 서둘지 않습니다.

- 아주 정성스러운 마음으로, 물건 하나하나를 닦습니다.

- 아주 정성스러운 마음으로 여기저기 흩어진 물건을 정리합니다.

- 멀리 도망가려는 마음을 청소에 집중하도록 합니다.

- 잡념이 들면 '나는 청소 중, 나중에~' 하고 가볍게 밀어냅니다.

- 청소할 때는 청소만 할 뿐 다른 생각은 하지 않습니다.

◆◆◆

· 잘 정돈되고 깨끗해진 집을 바라봅니다.

· 비를 피할 수 있고 추위를 막아주는 집을 청소할 수 있음에 감사합니다.

· 집처럼 깨끗해진 내 마음도 가만히 들여다봅니다.

· 숨을 들이마시고 내쉬며 행복하게 청소를 끝냅니다.

7

지하철을 타면 명상하라 (지하철 명상)

　지하철을 타면 먼저 보이는 풍경은 모두 핸드폰을 보고 있는 장면이다. 각자 나름대로 필요한 정보를 보고 있겠지만, 핸드폰과 싸움이라도 하는 것 같은 느낌이 든다. 또 핸드폰을 보는 사람들에게는 공통점이 있다. '절대 다른 곳은 쳐다보지 않는다. 오직 핸드폰에 집중한다.' 볼 때마다 '저 사람들은 핸드폰 없었으면 어쩔 뻔했나?'라는 생각이 든다.

　지하철은 명상하기 딱 좋은 장소이다. 핸드폰을 별로 좋아하지 않는 나는 지하철을 타면 명상한다. 자리에 앉아서 할 수도 있고 서서 해도 상관없다. 눈만 감으면 바로 명상으로 들어갈 수 있으니까. 그렇다고 명상하다 내릴 역을 한 번도 지나친 적은 없다. 머리는 맑게 깨어 있으며 주변의 소리나 느낌에 집중할 수가 있으니까.

　일단 지하철을 타고 자리에 앉으면 지하철을 탄 사람들을 쭉 둘러본다. 모두 핸드폰 삼매경에 빠져있는 모습이다. 핸드폰이 나쁘다는 말이 아니다. 모르는 길을 가거나 할 때면 얼마나 길 안내를 잘해 주는지 모른다. 또 모르는 것을 검색하면 관련 정보가 순식간에 나열된다. 얼마나 좋은 세상인지 모른다. 하지만 사람은 어른이든 어린아이든 처한 환경에서 곰곰이 생각해야 하는 시간이 필요할 때가 있다. 하지만 핸드폰은 생각해야 할 것들을 숙고하지 못하게 하고 필요 없는 것들을 자꾸 보게 한다.

뇌는 자꾸 쓰는 부분이 스냅 수가 늘어나면서 발달한다. 또한 쓰지 않는 부분은 잘라내어 다시 정보가 들어올 수 있는 공간을 만든다. 하루에 얼마나 많은 정보가 쏟아져 들어오는지 뇌는 잠시도 쉴 틈이 없다. 지하철에서조차 많은 정보를 처리해야 한다. 스트레스에 시달릴 수밖에 없다. 그때 잠시 뇌를 쉬어 준다면 아주 유용한 휴식의 시간이 될 것이다. 지하철 명상은 별것이 아니다. 눈을 감고 들려오는 소리에 집중하거나 느껴지는 감각을 느껴 보면서 잠시 단순해지는 시간을 갖는 것이다.

그것도 어렵다면 행복했던 순간을 오감으로 생생하게 떠올려 행복을 다시 느껴 보는 것이다. 행복하면 기분도 좋아지지 않는가? 뇌는 상상과 현실을 구분하지 못한다. 생생하게 떠올리기만 해도 그것이 현실인 줄 안다. 그래서 그 기분에 맞는 호르몬을 내보내게 된다. 행복해지고 싶으면 지하철에서 '행복 명상'을 하면 된다. '행복 명상'은 아주 쉽다. 행복했던 때를 떠올려 오감으로 생생하게 다시 느껴 보기만 하면 된다. 루

마니아의 유명 블로거 드라고스 로우아는 "행복해지길 원한다면 행복해지는 일을 반복하면 된다. 그것이 바로 습관이다."라고 말했다. 행복해지는 데도 최소한의 노력은 필요하다. 오늘부터 지하철을 타면 핸드폰을 넣고 행복한 순간을 명상하라. 목적지까지 가는 내내 기분 좋은 지하철 여행이 될 것이다.

'지하철 명상' 멘트 1 예

- 지하철을 기다리는 자신을 관찰합니다.
- 지하철을 기다리는 마음이 초조한지 여유로운지 알아차려 봅니다.
- 지하철을 탈 수 있음에 감사하는 마음을 갖습니다.
- 자리에 앉아서 편안한 마음으로 눈을 감습니다.
  (앉을 자리가 없으면 서서 해도 됩니다.)
- 지하철에 앉아 있는 모습을 마음의 눈으로 바라봅니다.
- 발바닥이 지면에 닿아 있는 느낌, 엉덩이가 의자에 닿아 있는 느낌을 알아차려
  봅니다.
- 또 지하철을 타고 가는 지금 내 마음은 어떤지 관찰합니다.
- 이제 들려오는 소리에 집중합니다.
- 지하철의 문이 닫히는 소리, 지하철의 안내 방송을 들려오는 대로 듣습니다.
- 사람들의 이야기 소리도 들리는 대로 듣습니다.

- 지하철에서 나는 소음이나 전철이 달려가며 내는 소리를 판단하지 않고 듣습니다.

- 소리가 크면 큰 대로 작으면 작은 대로 판단하지 않고 듣습니다.

- 소리를 듣다가 잡념이 떠오르면 '잡념이 일어나는구나!' 하고 흘러가게 내버려둡니다.

- 지하철에서 나는 소리에 다시 한번 집중해 봅니다.

- 내가 지금 여기에 존재하는지 알아차려 본다.

- 자 이제 내 내면에서 나는 소리에 의식을 돌려 봅니다.

- 쿵쿵거리는 심장의 소리가 들릴 수도 있고, 아무 소리도 들리지 않을 수도 있습니다.

- 내 몸과 마음이 나에게 건네는 신호를 알아차려 봅니다.

- 통증이 느껴지는 곳이 있으면 통증, 통증, 통증 읊조리며 흘려보냅니다.

- 어떤 생각이 들어오더라도 '그렇구나' 하고 따라가지 않습니다.

- 어떤 마음이 들더라도 '그럴 수도 있지' 하고 느껴지는 대로 수용합니다.

- 판단하지 않고 자신을 조용히 거리를 두고 관찰합니다.

- 내릴 역이 가까워지면 숨을 들이쉬고 내쉬며 현실로 돌아옵니다.

'지하철 명상' 멘트 2 예

- 지하철을 기다리는 자신을 관찰합니다.

- 지하철을 기다리는 마음이 초조한지 여유로운지 알아차려 봅니다.

- 지하철을 탈 수 있음에 감사하는 마음을 갖습니다.

· 자리에 앉아서 편안한 마음으로 눈을 감습니다.

· 지하철에 앉아 있는 모습을 마음의 눈으로 바라봅니다.
  (앉을 자리가 없으면 서서 해도 됩니다.)

· 상상으로 극장 관람석에 가 앉습니다.

· 행복했던 장면이나 순간을 극장 스크린에 생생하게 떠올립니다.

· 극장의 화면 속 행복했던 장면이나 순간 속으로 걸어 들어갑니다.

· 행복했던 장면이나 순간을 오감으로 다시 느껴 봅니다.

· 행복했던 순간에 느꼈던 소리, 촉감, 냄새, 풍경 등을 다시 느껴 봅니다.

· 그때 만났던 사람이 있다면 대화도 나눠 봅니다.

· 행복했던 순간에 느꼈던 감정을 다시 충분히 느껴 봅니다.

· 마음이 안정되고 기분이 좋아짐을 느껴 봅니다.

· 내릴 역이 가까워지면 숨을 들이쉬고 내쉬며 현실로 돌아옵니다.

8

소리는 소리일 뿐이다 (소리 명상)

'만트라'라는 말에는 '나를 보호한다.'라는 뜻이 담겨 있다. '만트라' 명상은 같은 문구를 계속해서 읊조리는 명상이다. 하지만 읊조리는 소리만 만트라 명상이 되는 것은 아니다. 들려오는 모든 소리는 '만트라'다. 들려오는 소리는 내 경험과 욕구와 판단이 어우러져서 '좋다', '듣기 싫다', '그저 그렇다'로 판단된다. 소리는 소리일 뿐이다. 그냥 들려오는 대로 들으면 나에게 아무런 영향을 끼치지 않는다.

대다수가 내가 있는 공간은 조용해야 한다는 편견을 가지고 산다. 어떤 소리는 나는 듣기 싫지만, 다른 사람은 좋아할 수도 있다. 소리가 시끄럽다고 느끼는 순간 그 생각에는 이미 나의 주관과 판단이 들어가 있다. 소리가 들어오면 대개 나를 방해하는 시끄러운 소리라고 일차적으로 판단하게 된다. 소리에 판단을 더하니 이차적 반응으로 짜증이나 화가 올라온다. 소리는 소리일 뿐이다. 그냥 그 자리에 놔두면 소리일 뿐

일상이 명상이다

120

이다. 또 소리는 지금 내가 여기에 있음을 깨우쳐주는 아주 좋은 수행의 도구이다. 소리를 다룰 수 있다는 것은 내가 어디서든 고요해질 수 있다는 말이다. 어떠한 소리든 소리는 수행의 좋은 도구이다.

사람은 소리를 들으면 추억을 따라 아주 멀리까지 간다. 생각은 이렇게 소리뿐만 아니라 보이는 것, 만져지는 것, 느껴지는 맛을 따라 멀리 흩어진다. 몸은 여기에 있으면서 생각은 천 리를 돌아다니게 된다. 모든 소리는 나를 수련하게 하는 '만트라'가 될 수 있다. 어떤 소리를 계속 읊조려야만 '만트라'가 아니다. 들려오는 소리 하나하나가 다 '만트라'며 수행의 도구가 될 수 있다. 명상 중에는 들려오는 소음도 수행의 일부로 받아들이는 자세가 필요하다.

소리는 끊임없이 들려오고 사라지고 다시 들려온다. 바람 소리, 물소리, 빗소리, 사람의 말소리, 지나가는 차 소리. 새소리, 강아지 소리 등 어디서든지 들려온다. 들려오는 생활 소음 속에서 집중할 수 있고 자신의 반응을 알아차릴 수 있다면 그보다 좋은 명상은 없다. 바람 소리가 들리면 바람 소리인가 보다. 빗소리가 들리면 비가 오는 소리인가 보다. 단순하게 들리는 소리를 소리로 들으면 된다. 하지만 소리를 따라 우리는 생각이 일어나고 과거로 가고 심지어는 오지도 않은 미래로도 간다.

소리 명상을 수련하면서 파도 소리 명상 도구와 맑은소리가 나는 우두 차임벨 소리를 참가자에게 들려준 적이 있다. 소리를 따라가지 말고,

소리를 들으며 내 안에서 어떤 반응이 일어나는지 느껴 보라고 했다. 참여자 중 많은 사람이 차임벨 소리를 들으며 시골에서 콩을 까불던 그 시절로 돌아가 '키' 그림을 그렸다. 또 다른 참가자는 절 처마 끝에 달린 풍경을 떠올려 깊은 산속 절을 다녀오기도 했다.

이렇게 우리는 습관적으로 무엇을 듣거나 보면 생각을 따라서 멀리까지 간다. 따라서 지금 내 몸에서 일어나고 있는 반응에 따라 몸이 전하려는 메시지를 받지 못한다. 우리 몸은 많은 이야기를 우리에게 전하고 싶어 한다. 몸의 메시지를 알아차리지 못하면 연결은 끊어지고 시간이 지나면 다른 모습으로 나타나게 된다. 명상하면 우리 몸의 메시지를 알아차리는데 민감해진다. 나를 명확하게 보게 된다. 명상은 팔리어로 보면 '삼빠짜냐' 즉 '명확히 안다'라는 뜻이다. 명상 안내는 내 목소리로 녹음해서 사용해도 좋고, 마음으로 조용히 읊조리며 해도 된다.

우리가 매일 들으면서 살아가는 소리! 모든 소리는 나를 위한 만트라다. 명상의 좋은 도구다. 들려오는 소리는 그냥 소리일 뿐이다. 들려오는 소리를 명상하라. 일상의 소리가 다 명상의 대상이다. 일상이 명상이다.

'소리 명상' 멘트 예

- 허리 펴고 고개는 똑바로 앞으로 향합니다.

- 편한 자세로 앉아 눈을 살포시 감습니다.

- 숨을 천천히 들이마시고 천천히 내쉽니다.

- 세 번 반복하여 복식호흡을 한 다음, 자연스러운 호흡을 합니다.

- 이제 내 몸에는 오직 청각만이 살아 있다고 생각합니다.

- 들려오는 소리에 의식을 둡니다.

- 어떤 소리가 들려와도 '그렇구나' 하고 수용합니다.

- 소리에 이름을 붙일 필요는 없습니다.

- 또한 소리를 '듣기 좋다', '듣기 싫다', '그저 그렇다'로 판단하지 않습니다.

- 주변의 소리가 자연스럽게 흘러가도록 붙잡지 않습니다.

- 소리를 따라 생각을 일으키지도 않습니다.

- 소리를 따라 생각이 멀리 가지도 않습니다.

- 소리는 소리일 뿐입니다.

- 소리가 들려오는 이 순간에 집중합니다.

- 들려오는 소리와 소리 사이의 정적도 듣습니다.

- 정적 사이사이에 고요함도 듣습니다.

(잠시 명상)

- 이제 어떤 소리도 잡지 않고 모든 소리를 흘려보냅니다.

3장 일상, 삶 속에 명상이 머무는 시간

- 다시 몸의 느낌에 주의를 돌립니다.

- 몸이 가벼울 수도, 무거울 수도 있습니다.

- 있는 그대로의 몸의 느낌을 알아차립니다.

- 숨을 크게 들이쉬고 내쉬면서 천천히 눈을 뜹니다.

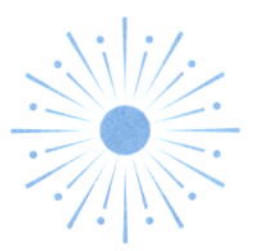

9

처음처럼 낯설게 보기
(이 닦기 명상)

사람은 하루의 47%를 다른 생각을 하면서 산다고 한다. 손에 무엇인가를 들고 있으면서 생각은 벌써 다른 곳을 헤매고 다닌다. 알아차려 보면 순간순간 행동과 생각이 따로 노는 것을 쉽게 알 수 있다. 생각이 다른 데로 가 있으니 보는 것, 듣는 것 또한 대충 듣고 본다. 하루하루가 익숙하니까 우리는 주위의 환경을 다 보고 듣는다고 착각한다. 어느 날 갑자기 집에 있던 물건이 새삼스럽게 보일 때가 있지 않은가?

'액자가 저기에 있었던가? 액자 안 풍경이 저런 모습이었던가?'
'시계의 초침 소리가 저렇게 크게 들렸더란 말인가?'
'커튼에 저런 문양이 있었던가?'

욕실에 같은 모양의 칫솔이 두 개 있었다. 하나는 칫솔모가 달아서 세

면대에 두고 청소할 때 사용했다. 같은 모양의 하나는 칫솔걸이에 걸어 두고 아침, 저녁으로 이를 닦는 용으로 사용했다. 어느 날 이를 닦으러 욕실에 들어가면서 생각은 낮에 만날 사람으로 가득 차 있었다. 나도 모르게 눈에 보이는 익숙한 욕실용 칫솔로 이를 닦으며 여전히 생각은 천 리를 떠돌았다. 이를 다 닦고 거울을 보는 순간 내가 청소용 칫솔로 이를 닦은 것을 알아차렸다. 아차, 싶었지만 이미 벌어진 일이었다. 입안을 헹구고 또 헹구었지만, 찝찝한 마음은 가시지를 않았다.

문득 지인이 보내준 이 닦기 명상이 생각이 났다. 그때는 '뭐 이 닦는데도 명상을 해?'라고 대수롭지 않게 넘겼었다. 알아차리지 않으면 나에게도 일어나는 일이라는 것을 깨닫지 못했었다. 하지만 이런 일은 나에게만 벌어지는 문제일까? 지금 여기에 생각이 없어도 우리 몸은 그동안 해 온 자동조정 장치 덕분에 무엇인가 스스로 한다. 여기 생각이 없어도 자동으로 먹고, 걷고, 숨 쉰다. 너무나도 잘 만들어진 우리 몸이다. 그 몸과 마음을 알아차린다면 얼마나 더 가치 있게 쓸 수 있을까?

알아차림은 생각을 현재에 머무르게 하는 닻과 같다. 이를 챙겨 닦음으로써 평화로 채울 수 있다. 이 닦는 행위에 집중하는 것은 생각을 현재에 머무르게 한다. 모든 행위가 그렇다. 우리가 하는 사소한 행동 하나하나가 기쁨이 될 수 있다. 나를 알아차리는 시간이 될 수 있다. 우리가 즐길 수 있는 시간은 과거나 미래에 있는 것이 아니다. 우리가 쓸 수 있는 시간은 현재시간뿐이다.

우리는 죽을 때까지 알아차림을 계속해야 한다. 조금만 방심하면 원숭이처럼 날뛰는 생각이 이리저리 옮겨 다닐 거니까. 처음처럼 낯설게 보고, 경청하고 호기심을 가지고 행동해야 한다. 그렇게 알아차리고 들여다보면 보이지 않던 삶의 모습들이 보일 것이다. 명상은 멀리 있는 것이 아니다. 우리가 살아가는 평범한 일상이 알고 보면 다 명상이다. 이 닦는 일도 명상이다. 일상이 명상이다.

'이 닦기 명상' 멘트 예

- 이 닦기에 앞서서 음식을 먹을 수 있음에 감사하는 마음을 갖습니다.
- 이를 닦기 전 나의 얼굴은 어떤지 살펴봅니다.
- 처음 이를 닦는 것처럼 칫솔과 치약을 낯설게 바라봅니다.
- 치약을 천천히 칫솔에 바릅니다.
- 이를 닦으려는 내 마음은 조급한지 여유로운지 알아 차려봅니다.
- 치약은 어떤 맛이 느껴지는지 알아 차려봅니다.
- 칫솔질하면서 어떤 소리가 나는지 알아 차려봅니다.
- 칫솔질하면서 혀는 어떻게 움직이는지 알아 차려봅니다.
- 이 닦는 동안은 이 닦는 행위에만 집중합니다.

- 이 닦는 일이 성스러운 일이라고 생각하고 입안 구석구석 정성스럽게 칫솔질합니다.

- 이를 닦고 입을 헹굴 때는 어떤 기분이 드는지, 입안은 어떤 맛이 느껴지는지 알아차려 봅니다.

◆◆◆

- 양치질을 할 수 있는 물이 있음에 감사합니다.

- 양치질을 할 수 있는 치아가 있음에 감사하는 마음을 갖습니다.

- 양치질은 단순한 이 닦기가 아닙니다.

- 우주에서 온 물과 공기와 나와 접촉하는 성스러운 일임을 알아차립니다.

- 양치질을 끝낸 내 얼굴은 살펴봅니다.

- 깨끗한 입으로 아름다운 말을 하리라 다짐해 봅니다.

- 이를 닦은 다음 내 마음은 어떤지 느껴 봅니다.

- 편안하고 행복한 마음이 느껴짐을 알아차려 봅니다.

10

파도 소리에 마음을 눕히다 (수면 명상)

봄꽃이 화사하다. 작년에도 봄은 왔었을 텐데 언제나 맞는 봄은 처음처럼 설렌다. 계절은 아름답고 좋은데 그렇지 못한 사람들도 있다. 가슴에 사연 한 보따리 안고서 잠을 자지 못해서 어쩔 줄 모르는 사람들이 있다. 꽃을 볼 때도 등에 사연 한 보따리 지고 꽃을 본다. 잠을 자려고 다리에 신명이 잡히도록 꽃길을 걸었는데 잠은 오지 않더라고 말한다. 아름다운 꽃잎은 바람에 하르르 하르르 날리는데 자꾸 눈물이 났다고 한다.

사람은 잘 때 모든 것을 내려놓는다. 그래야 잠을 잘 수 있다. 하지만 살다 보면 내려놓지 못해서 잠들지 못하는 사람들이 있다. 무엇을 움켜 쥐고 있는지는 사람마다 다르다. 잠이 오지 않으면 안 오는 대로 그냥 누워 있으면 안 될까? 나를 위한 휴식의 시간으로 느긋하게 누워 있으면

안 되는 걸까? 우리는 늘 무엇인가 해야 한다는 '행위 양식'에 젖어 있다. 무언가를 하지 않으면 다른 사람에게 뒤떨어진다고 생각하고 산다. 그냥 존재하는 '존재 양식'에 익숙해질 수는 없는 것일까? 잠이 안 올 때도 말이다.

잠이 안 오면 한밤중 누워서 명상해 보면 어떨까? 사방은 캄캄하고 세상은 고요하다. 그 고요함을 그냥 즐겨보자. 낮에는 느껴 볼 수 없는 시각과 시각 사이에 침묵의 소리도 들어 보자. 생각보다 크게 들려오는 시계의 째깍거리는 소리도 느껴 보자. 정적의 소리를 듣고 있으면 텅 비어 있는 공간에서 살아 숨 쉬는 존재의 편안함을 느낄 수 있다. 그 고요함은 지금 나만이 느낄 수 있다. 시각과 시각 사이 고요 속에 또 다른 편안함이 공존한다는 사실을 알아차릴 수 있다. 내가 무언가 애쓰지 않아도 내 몸 안, 밖으로 편안한 기운이 항상 나를 감싸고 있다는 것을 알아차리게 된다. 그 나만의 편안함을 나른하게 오래 느껴 보는 일 또한 나를 위한 시간이다.

우리는 잠을 잘 때 8시간을 잔다면 4번 정도의 REM(Rapid Eye Movement) 수면을 한다. 눈동자가 왔다 갔다 하면서 이때 뇌는 많은 일을 한다. 뇌는 하루 동안 경험한 감정적인 사건을 다시 불러와 처리하면서 스트레스를 해소한다. 이때 하늘을 날아다닌다든가 모르는 사람과 싸우기도 하는 생생한 꿈을 꾸게 된다. 잠을 잘 때 뇌세포의 크기는 낮보다 조금 줄어든다고 한다. 세포와 세포 사이에 공간이 낮보다 60% 이상 넓어진다. 그 공간으로 뇌척수액이 흘러 다니며 노폐물을 제거하는 활동을 잠을 잘 때 하는 것이다. 뇌는 잠을 잘 때 감정 처리, 기억 선별 저장, 뇌 노폐물 처리를 한다는 것이다. 놀랍지 않은가? 잠을 잘 자야 몸과 마음이 건강해진다는 말은 과학적인 말이었다. 잠을 잘 자야 행복해질 수 있다. 모든 것을 내려놓고 잘 자는 것도 명상이다. 잘 때도 명상처럼, 일상이 명상이다.

파도 소리는 잠의 뇌파와 닮아 있다. 잠이 오지 않을 때 상상으로 바닷가에 누워서 파도 소리에 마음을 눕혀보자. 편안하게 칭얼거리는 파도 소리를 들으며 잠의 세계로 빠져들 것이다.

'수면 명상' 멘트 예

- 마음을 편안하게 지니고 푹신하고 따뜻한 이불에 눕습니다.
- 눈을 살포시 감습니다.
- 발은 옆으로 살짝 벌리고 손은 몸 옆에 편하게 놓습니다.
- 편안하게 숨을 들이마시고 내쉽니다.
- 잔잔한 바닷가 풍경을 떠올리며 잠에 나를 맡깁니다.

· 나는 지금 잔잔하게 파도가 밀려오는 바닷가 따뜻한 모래에 누워 있습니다.

· 등에 느껴지는 따뜻한 모래의 감촉을 느껴 보십시오.

· 숫자 1부터 4까지 천천히 세면서 들이마시고 숫자 1부터 8까지 천천히 세면서 숨을 내쉽니다.

· 세 번 반복하여 복식호흡을 한 다음, 자연스러운 호흡을 합니다.

· 몸으로 들어오는 신선한 공기를 느껴 봅니다.

· 귓가에는 밀려오는 파도 소리가 잔잔하게 들립니다.

· 파도 소리가 멀리 들렸다가 가까이 들렸다가 귓가에 가물가물합니다.

◆◆◆

· 팔과 다리가 편안하게 이완됨을 느껴 봅니다.

· 온몸이 무겁게 쳐지며 눈꺼풀이 무거워집니다.

· 몸이 아래로, 아래로 기분 좋게 녹아내립니다.

· 귓가에는 칭얼거리는 파도 소리가 이어졌다가 끊어졌다가 아련히 들려옵니다.

· 잠이 물밀듯이 밀려옵니다.

· 눈꺼풀이 무거워지고 팔과 다리에 힘이 빠짐을 느껴 봅니다.

· 몸이 아래로, 아래로 자꾸 녹아내립니다.

· 숨을 들이마시고 내쉴 때마다 졸음이 온몸으로 밀려갑니다.

· 몸이 처지고 눈이 무거워집니다.

· 가물가물 들려오는 파도 소리를 따라 나른하고 편안한 잠 속으로 스르르 스르르 빠져듭니다.

일상이 명상이다

4장

연민, 따뜻한 마음을 키우는 시간

나를 알아차린 뒤에야 비로소 타인의 마음도

보이기 시작한다.

연민은 이해하려 애쓰기보다 따뜻하게

머무는 법을 배우는 시간이다.

모두를 품었을 때 비로소 자라는 넉넉한 따뜻함이다.

1

나에게 건네는 위로의 숨 (연민 호흡명상)

틱낫한 스님은 참 마음이 따뜻한 분이다. 명상을 어렵지 않게 일상생활과 접목하여 설명해 주신다. 그야말로 일상이 명상임을 실천하신 분이다. 복잡한 명상의 문구 대신 자신이 스스로 만들어서 활용할 수 있는 방법을 가르쳐 주신다. 사람들은 모두 각자의 갈등 상황에 빠져있어서 자신의 문제점을 누구보다 잘 안다. 하여 자신이 받고 싶은 따뜻한 위로의 말도 잘 알고 있다. 얼마든지 무궁무진하게 나에게 맞는 명상 문구를 만들어 활용할 수 있다.

명상을 처음 접하는 사람은 틀에 박힌 딱딱한 수련은 따라 하기가 힘들다. 어떤 사람은 "자세가 똑바르지 않으면 수행이 어렵다."라고 말하며 명상 수련 자세를 중요하게 여긴다. 또 어떤 사람은 제대로 명상하려면 조용한 곳에서 해야 한다고 말한다. 그렇게 따지자면 복잡하고 바쁜 현대인은 명상할 수가 없다. 하지만 명상은 내가 앉은 이 자리에서 언제 어디서든지 할 수 있다. 조용한 곳을 찾아갈 필요도 없고 특별한 자세를 하지 않아도 된다. 이제 오직 나를 위한 명상 멘트를 만들어 명상해 보자. 내가 나를 온전히 받아들여야 다른 사람도 인정할 수 있다. 숨을 쉬면서 나를 위로하고 격려해 보자. 숨 쉬는 일도 나를 위한 명상으로 해보자. 마음이 따뜻해질 것이다.

'연민 호흡명상' 멘트 예

- 허리 펴고 고개는 똑바로 앞으로 향합니다.

- 편한 자세로 앉아 눈을 살포시 감습니다.

- 숨을 들이마시며 내가 숨을 들이마심을 알아차립니다.

- 숨을 내쉬면서 내가 숨을 내쉼을 알아차립니다.

- 숨을 들이마시면서 내 호흡이 깊은지 알아차립니다.

- 숨을 내쉬면서 내 호흡이 짧은지 알아차립니다.

- 숨을 들이마시면서 내 호흡이 거친지 알아차립니다.

- 숨을 내쉬면서 내 호흡이 고요한지 알아차립니다.
  (두 손으로 나를 감싸 안습니다.)

4장 연민, 따뜻한 마음을 키우는 시간

· 숨을 들이마시며
"나는 나를 있는 그대로 받아들인다."라고 말합니다.

· 숨을 내쉬면서 마음이 편안해짐을 느껴 봅니다.

· 숨을 들이마시면서
"실수할 수도 있어. 괜찮아."라고 말합니다.

· 숨을 내쉬면서 마음에 위로가 됨을 느껴 봅니다.

· 숨을 들이마시면서
"나는 충분히 잘하고 있어."라고 말합니다.

· 숨을 내쉬면서 마음에 용기가 들어참을 느껴 봅니다.

· 숨을 들이마시면서
"천천히 가도 괜찮아."라고 말합니다.

· 숨을 내쉬면서 마음의 여유를 느껴 봅니다.

· 숨을 들이마시면서
"나는 혼자가 아니다."라고 말합니다.

· 숨을 내쉬면서 사랑하는 사람의 미소를 떠올려봅니다.

· 숨을 들이마시면서
"나는 나의 길을 잘 가고 있다."라고 말합니다.

· 숨을 내쉬면서 마음에 당당함을 느껴 봅니다.

· 숨을 들이마시면서
"나는 다른 사람과 비교하지 않는다."라고 말합니다.

· 숨을 내쉬면서 "잘하고 있어"라고 나를 칭찬해 줍니다.

· 숨을 들이마시면서
"나는 가능성이 많은 사람이다."라고 말합니다.

일상이 명상이다

- 숨을 내쉬면서 내 안에 자신감이 차오름을 느껴 봅니다.

- 숨을 들이마시면서
  "나는 감정을 솔직하게 말할 수 있는 사람이다."라고 말합니다.

- 숨을 내쉬면서 나를 충분히 인정해 줍니다.

- 숨을 들이마시면서
  "나는 존귀한 사람이다."라고 말합니다.

- 숨을 내쉬면서 내가 소중한 사람임을 느껴 봅니다.

- 숨을 들이마시면서
  "나는 나를 돌 볼 수 있는 사람이다."라고 말합니다.

- 숨을 내쉬면서 내 안에 믿음이 차오름을 느껴 봅니다.

- 숨을 들이마시면서
  "나는 나를 알아차릴 수 있는 사람이다."라고 말합니다.

- 숨을 내쉬면서 내가 여기에 온전히 존재함을 느껴 봅니다.

- 마음이 편안하게 안정됨을 느껴 봅니다.

- 숨을 깊게 들이쉬고 내쉬며 천천히 눈을 뜹니다.

나를 위해 이렇게 집중하며 위로한 적이 있는가? 천천히 읊조리며 숨 쉬는 동안 나와 숨이 하나가 된다. 읊조리며 숨을 쉬는 동안 이상하리만큼 차분해진다. 솔직한 말과 호흡으로 힘이 생기는 것을 느낄 수 있다. 내가 나를 있는 그대로 인정하고 수용했을 때 마음에 좋은 에너지가 생

긴다. 숨 속에 모든 것이 들어 있다. 틱낫한 스님은 명상하는 곳에 "숨 쉬라, 당신은 살아 있다!"라는 글귀를 새겨두고 매일 보면서 수련했다고 한다. 명상은 별난 것도 신비한 것도 아니다. 숨은 우리가 죽을 때까지 한시도 쉬지 않고는 살 수 없다. 숨만 잘 쉬어도 편안하고 차분해진다. 숨 쉬는 일이 명상이다. 숨 잘 쉬는 일도 삶이다. 일상이 명상이다.

2

지구를 걸어라 (열린 걷기 명상)

산이 가까운 곳에 사는 것은 행운이다. 산은 봄, 여름, 가을, 겨울 모두 다른 얼굴로 행복을 준다. 조건 없이 봄이면 꽃길을 열어주고, 여름이면 시원한 녹색의 숲길을 걷게 해 준다. 가을이면 아름다운 낙엽의 숲길을 걷게 해 주고, 겨울이면 눈꽃이 핀 순백의 길을 열어 준다. 숲은 행복 호르몬인 세로토닌의 보물창고이다. 숲을 온전히 걸을 수 있다는 것은 축복이다. 숲에 가면 나무도 보고 꽃도 보고 구름도 보고 비로소 나도 본다. 숲에 가면 꽃도 되고 나무도 되고 새도 되고 낙엽도 된다. 또 내리는 비도 되고, 바람도 되고 내리는 눈도 된다. 그 속에서 온전히 나를 보는 시간도 된다. 숲을 걸을 때 걱정스러운 보따리는 숲 앞에 두고 가자. 아름다운 숲을 걸으며 생각이 멀리 떠돈다며 숲을 걷는 것이 아니라 생각이 걷는 것이다. 몸과 마음이 오롯이 숲을 걷는 사람은 행복하다. 산에 가면 아름다운 걷기 명상을 하자. 발이 지구에 살포시 놓이도록 천천히 걸어 보자. 온몸에 감각을 열고 열린 걷기 명상을 하자.

- 숲을 행복하게 걸으려는 마음을 갖습니다.

- 걷기 위해 오른발이 앞으로 나가면
  왼발이 발을 들어 준비함을 알아차립니다.

- 걷기 위해 왼발이 앞으로 들어 올려지고
  땅에 놓임을 알아차립니다.

- 발이 땅에 살포시 놓이게 천천히 걸어갑니다.

- 걸음, 걸음 발바닥에 느껴지는 발의 느낌을 놓치지 않습니다.

◆◆◆

- 걷다가 잠시 멈춰 서서 길가에 피어 있는 들꽃을 바라봅니다.

- 웃고 있는 꽃의 아름다움을 느껴 봅니다.

- 걷다가 잠시 멈춰 서서 하늘에 솜사탕 같은 구름을 바라봅니다.

- 가슴에 느껴지는 포근함을 느껴 봅니다.

- 눈을 감고 두 팔을 벌려 불어오는 바람을 맞이합니다.

- 부드럽게 온몸을 쓰다듬는 바람의 손길을 느껴 봅니다.

- 걷다가 잠시 멈추고 들려오는 소리에 귀를 기울입니다.

- 아련히 들려오는 계곡의 물소리를 들어봅니다.

일상이 명상이다

· 나뭇잎을 밟으며 발밑에서 부서지는 낙엽의 소리에 귀 기울여 봅니다.

· 쏴~ 하고 바람이 나뭇잎을 흔드는 소리에 귀 기울여 봅니다.

· 온전히 숲속에 와 있음을 알아 차려봅니다.

· 바람이 전하는 시원함을 가슴으로 느껴 봅니다.

◆◆◆

· 나뭇잎 사이로 들어오는 반짝이는 햇살을 바라봅니다.

· 온몸에 와 닿는 햇볕에 따뜻함을 느껴 봅니다.

· 숲이 살아서 내게 보내는 수런거리는 소리를 들어봅니다.

· 숲이 건네는 풍요로움을 온몸으로 느껴 봅니다.

· 걸을 때마다 바람의 달콤한 속삭임이 들려옵니다.

· 낙엽을 밟을 수 있어서 행복합니다.

· 걸을 때마다 행복이 찾아옵니다.

· 걸음마다 마음의 평화가 꽃처럼 피어납니다.

◆◆◆

· 걸을 수 있어서 행복합니다.

· 걸음, 걸음 살아 있음을 느낍니다.

· 걸음, 걸음 기적이 피어남을 느낍니다.

· 걸음, 걸음 꽃으로 피어나고 구름으로 머무르며
바람으로 스쳐 감을 느낍니다.

· 나는 지금 아름다운 지구를 걷고 있습니다.

· 행복한 마음으로 열린 걷기 명상을 계속합니다.

3

손으로 전하는 사랑 (사랑해 손 명상)

성당에 갔더니 새 신부님이 오셔서 첫 장엄 미사를 하신다. 보송보송한 얼굴에 새로 맞춘 십자가가 그려진 제의가 너무도 잘 어울렸다. 입장하는 신부님을 보는데 내가 눈물이 났다. 꽃길은 분명 아닐 텐데 예수님만 바라보고 걸어가는 그 뒷모습이 왠지 짠하다는 생각이 들었다. 또한 '저 젊은 나이에 얼마나 믿음이 깊으면 사도의 길을 망설임 없이 선택했을까?' 하는 존경하는 마음이 들면서 나를 돌아보게 되었다. 나의 믿음은 어떤가? 갈팡질팡 믿음이 흔들릴 때가 많다. 정말 예수님은 내 곁에 계시긴 한 건가? 모습이 보이지 않는다고 의심할 때도 많다. 그럴 때 나의 모습은 참 초라해 보인다.

미사가 끝나고 새 신부님께서 한 사람씩 머리에 안수를 준다고 사람들이 줄을 서기 시작했다. 나는 그냥 자리에 앉아서 마음으로 새 신부님께 안수받았다. 내 머리 위에 새 신부님의 따뜻한 손길이 생생하게 느껴

졌다. 너무 놀라운 것은 안수해 주는 새 신부님의 손길이 온종일 머리 위에서 따라다녔다는 것이다. 또한 신부님의 두 손이 예수님의 손처럼 느껴졌다는 것이다. 은총을 많이 받은 하루여서 행복했다. 나도 미약하나마 누군가에게 힘을 줄 수 있는 사람이 되어야겠다는 생각이 든 일요일이었다.

누구나 도움이 되는 손 명상을 할 수 있다. 우리는 그런 에너지를 가진 존재이기 때문이다. 어릴 적 자랄 때 배가 많이 아팠다. 그때마다 엄마는 사랑을 담은 손으로 정성껏 배를 문질러 주셨다. 그러면 신기하게도 아팠던 배가 금방 나았다. 아마도 많은 사람이 나와 같은 경험이 있었을 것이다. 지금 생각해 보면 엄마의 따뜻한 에너지가 손으로 전달되었던 것 같다.

'사랑해 손 명상'은 '사랑해'라는 말과 빛을 활용한 에너지가 많은 명상이다. 심상으로 따뜻한 빛의 손을 만들어 나를 사랑하고 치유할 수 있는 에너지가 높은 명상이다. 또 사랑의 손으로 다른 사람의 아픈 곳을 정성껏 치료해 줄 수도 있다. 꼭 그 사람이 옆에 없어도 상상만으로도 사랑의 에너지를 전할 수도 있다. 손은 자기 손이어도 좋고 사랑하는 사람의 손이어도 좋다. 종교가 있으면 예수님이나 부처님의 손 등 사랑의 에너지를 느낄 수 있는 손이면 가능하다. 이 명상은 편안하게 누워서 해도 좋고, 의자에 앉아서 할 수도 있다.

'사랑해 손 명상' 멘트 예

- 허리 펴고 고개는 똑바로 앞으로 향합니다.

- 편한 자세로 앉아 눈을 살포시 감습니다.

- 숨을 천천히 들이마시고 천천히 내쉽니다.

- 세 번 반복하여 복식호흡을 한 다음, 자연스러운 호흡을 합니다.

- 심상으로 황금빛의 따뜻한 '빛의 손'을 만듭니다.

- 잠시 '빛의 손'에 따뜻한 에너지가 모이기를 기다립니다.

- '빛의 손'으로 머리를 사랑한다고 말하며 부드럽게 쓰다듬습니다.

- '빛의 손'으로 얼굴을 사랑한다고 말하며 부드럽게 쓰다듬습니다.

- '빛의 손'으로 목을 사랑한다고 말하며 부드럽게 쓰다듬습니다.

- '빛의 손'으로 왼팔을 사랑한다고 말하며 부드럽게 쓰다듬습니다.

- '빛의 손'으로 오른팔을 사랑한다고 말하며 부드럽게 쓰다듬습니다.

- '빛의 손'으로 왼손을 사랑한다고 말하며 부드럽게 쓰다듬습니다.

- '빛의 손'으로 오른손을 사랑한다고 말하며 부드럽게 쓰다듬습니다.

- '빛의 손'으로 가슴을 사랑한다고 말하며 부드럽게 쓰다듬습니다.

- '빛의 손'으로 배를 사랑한다고 말하며 부드럽게 쓰다듬습니다.

- '빛의 손'으로 왼쪽 다리를 사랑한다고 말하며 부드럽게 쓰다듬습니다.

- '빛의 손'으로 오른쪽 다리를 사랑한다고 말하며 부드럽게 쓰다듬습니다.

- '빛의 손'으로 왼쪽 발을 사랑한다고 말하며 부드럽게 쓰다듬습니다.

일상이 명상이다

· '빛의 손'으로 오른쪽 발을 사랑한다고 말하며 부드럽게 쓰다듬습니다.

· 머리부터 발끝까지 '빛의 손'으로 사랑을 담아 쓰다듬습니다.

· 몸이 빛과 사랑의 에너지로 꽉 차는 것을 느껴 봅니다.

· 잠시 그 에너지를 편안하게 느껴 봅니다.

(잠시 명상)

· 숨을 크게 들이쉬고 내쉬며 천천히 눈을 뜹니다.

· 손가락 발가락을 꼼지락거리며 움직입니다.

· 손바닥을 비벼서 눈에 댑니다.

· 손바닥을 비벼서 얼굴을 비빕니다.

· 손바닥을 비벼서 왼팔 오른팔을 쓰다듬습니다.

· 기지개를 크게 켜면서 가벼워진 몸을 느껴 봅니다.

4장 연민, 따뜻한 마음을 키우는 시간

4

따뜻한 말 한마디 (만트라 명상)

'만트라(mantra)'라는 단어는 '나를 보호한다.'라는 뜻이 들어 있다. 만트라 명상은 자신에게 의미가 있는 말을 반복해서 외우면서 집중하는 수련이다. 자신에게 맞는 단어나 문구를 선택하여 읊조리며 집중한다. 문구를 반복하여 읊조리는 동안 마음이 흐트러지면 알아차리고 다시 선택한 단어나 문구로 돌아온다. 숨을 들이쉬었다가 내쉬는 호흡에 천천히 자신의 문구를 읊조린다.

우리 뇌는 무언가를 반복적으로 외울 때 무의식이 활발하게 작동된다고 한다. 독일의 외과 의사 게르트 슈낙과 함부르크 대학의 헤르만 라우에 교수는 이를 활용하여 '반복 명상'을 실험해 보았다. 눈을 감고 특정 단어나 문구를 일정한 리듬과 함께 반복해서 읊조리자, 맥박과 혈압이 안정되면서 이완되는 것을 볼 수 있었다. 또한 같은 단어나 구를 반복해서 읊조리자, 교감신경의 활동이 줄어들면서 가슴호흡에서 복식호흡으로 바뀌는 현상을 발견했다. 몸이 안정된 이완 상태로 바뀌는 것을 볼 수 있었다. 이렇게 같은 단어나 구를 읊조리면서 한곳에 집중했을 때, 잡념은 사라지고 편안함이 찾아온다.

만트라 명상을 할 때 읊조리는 말이나 단어를 살펴보면 '사랑합니다.', '감사합니다.', '행복합니다.', '평화와 사랑이 나를 감싸네.', '내 마음은 고요하다.', '내 영혼은 빛난다.', '다른 사람에게 도움이 되기를', '평화', '행복', '괜찮아!', '할 수 있어!', '나무아미타불 관세음보살', '아버지 하느님' 등이 있다. 사람마다 자신이 좋아하는 말을 선택하면 된다. 읊조리는 동안은 마음이 다른 곳으로 흐트러지지 않도록 알아차린다. 15분 이상 계속 읊조리면 교감신경은 잦아들고 부교감신경이 활성화되면서 편안함을 느끼게 된다.

자신이 좋아하는 문구를 반복해서 읊조리는 것은 집중 명상이다. 다른 잡념이 줄어들면서 한곳에 집중하게 해 준다. 처음부터 그런 것은 아니다. 처음에는 좋아하는 문구를 외우다 자꾸 생각이 다른 곳으로 흩어지기도 한다. 생각이 달아나면 알아차리고 다시 문구를 외우는 행위에 의식을 모아야 한다. 너무 잘 외우려고 신경을 쓰면 오히려 역효과가 날 수 있다. 어떤 명상이든 잘하려고 마음을 먹는 순간, 명상은 사라진다. 자연스럽게 외워지지 않으면 그런 나도 그대로 수용한다. 잡념이 나면 생각이 일어나는 나를 알아차린다. 잡념이 나도 '괜찮아' 하는 마음으로 다시 만트라를 읊조린다. 수련은 처음에는 짧은 시간부터 반복하는 것이 좋다. 너무 길면 지루하여 졸음이 올 수도 있다. 매일매일 수련을 하다 보면 자연스럽게 집중되고 이완되는 효과가 나타난다. 일상 중에 걸어가면서, 앉아서 어디서든지 할 수 있다.

만트라 명상의 효과는 읊조리는 문구에만 있는 것은 아니다. 어떤 행동을 반복해서 하거나 같은 소리가 규칙적으로 들려올 때도 이완을 느낄 수 있다. 바닷가의 밀려오는 파도 소리를 들으며 편안함을 느낄 수 있는 것처럼 말이다. 게르트 슈낙 박사와 헤르만 라우에는 "뜨개질, 레이스, 청소는 반복 명상의 다른 이름이다."라고 말했다. 우리가 일상에서 반복적으로 하는 모든 행위가 명상이 될 수 있다는 말이다. 일상이 명상이다.

'만트라 명상' 멘트 예

· 허리 펴고 고개는 똑바로 앞으로 향합니다.
· 편한 자세로 앉아 눈을 살포시 감습니다.
· 숨을 세 번 들이마시고 내쉴 때마다 몸을 이완합니다.

- 세 번 복식호흡을 한 다음, 자연스러운 호흡을 합니다.

- 오늘 내가 읊조릴 만트라를 선택합니다.

- 눈을 감고 내가 선택한 만트라를 읊조립니다.

- 처음에는 소리가 들리지 않게 입술과 혀를 움직이며 조용히 읊조립니다.

- 이제 마음속으로 만트라를 외웁니다.

- 만트라를 들이쉬고 내쉬면서 호흡의 리듬에 따라 외우는 것도 좋습니다.

- 만트라를 외우다 졸음이 오면 알아차리고 다시 만트라로 돌아옵니다.

- 만트라는 긴장하지 않고 자연스럽게 외웁니다.

- 잡념이 떠오르면 '잡념이 일어나는구나. 괜찮아'하고 흘러가게 놔둡니다.

- 디시 만트리에 주의를 기울입니다.

(잠시 명상)

- 명상을 끝내면서 마음에 남아 있는 만트라는 모두 흘려보냅니다.

- 편안하고 가벼워진 자신을 느껴 봅니다.

- 숨을 깊게 들이쉬고 내쉬면서 천천히 눈을 뜹니다.

✦✦✦

※ 마음 상태에 따라 만트라를 읊조리는 시간을 조정합니다.

4장 연민, 따뜻한 마음을 키우는 시간

그때 그 사람 (초대 명상)

사람이 살아가면서 만나야 할 사람을 다 만나고 살 수는 없다. '다음에 만나야지' 하고 미루다가 못 만나기도 한다. 또 인연이 닿지 않아서 영영 만나지 못하기도 한다. 우리의 삶에 다음은 없다. 하루아침에 인사도 없이 다시 올 수 없는 곳으로 떠나는 사람들이 있지 않은가? 만나고 싶은 사람은 만나고 살자. 소식을 모르거나 돌아가신 분도 마음으로 만날 수 있다. 명상으로 초대해서 만나면 된다.

'초대 명상'하면 생각나는 분이 있다. '초대 명상'하는 내내 눈물을 많이 흘렸다. 명상하고 사연을 나누는 시간에 조금은 진정된 모습으로 말했다. 자신은 초등학교 1학년 때 병으로 엄마를 잃었다고 한다. 사는 곳이 시골이어서 엄마가 돌아가시자 안방에 모셨다고 한다. 어린 마음에 죽은 엄마가 너무 무서워서 안방 근처에는 가지도 못했다고 한다. 마지막 엄마의 얼굴도 보지 않은 채 떠나보내야만 했다. 엄마에게 작별 인사도 하지 못하고 보내드린 것이 육십이 넘어서도 가슴속에 남아 있었다고 한다. 엄마를 생각하면 후회스러운 마음이 들어 편치 않은 세월을 살았다고 한다. 이분은 '초대 명상'에 엄마를 초대했다. 엄마는 젊었던 그 모습 그대로 오셨다고 한다. 엄마에게 하지 못했던 미안하다는 말과 함께 꼭 안아드렸다고 한다. 엄마도 함께하지 못하고 너무 일찍 떠나서 미안하다고 말하며 안아주었다고 한다. 이제는 너무도 마음이 홀가분해졌다고 말씀하시면 희미하게 웃었다. 이렇게 좋은 방법이 있는데 몰랐다며 다음에 또 엄마가 보고 싶으면 '초대 명상'을 하면서 다시 만나겠다고 말했다.

의외로 어릴 적 첫사랑을 초대해서 만나신 분도 몇 분 있었다. 사랑이 꼭 이루어져야만 아름다운가? 순수했던 그 시절을 떠올리는 것만으로도 행복한 얼굴이었다. 먼저 간 남편을 만난 사람도 있었다. 자신은 늙었지만, 젊은 시절 그대로의 남편을 만나서 좋았다고 말하기도 했다. 살아생전 소원한 사이였던 아버지를 만나 회포를 푼 사람도 있었다. 소식이 끊긴 지 오래된 고등학교 동창을 만나서 이야기는 못 하고 울다가 헤어졌다는 분도 있었다. 초대 명상을 한 분들은 모두 마음이 가벼워졌다고 소감을 말했다. 이렇게 우리는 만나고 싶은 사람을 그동안 못 만나고 살았다. 이제 명상으로 초대해서 만나고 살자.

'초대 명상' 준비 명상 멘트 예

- 한번은 만나야 했는데 그냥 지나쳤습니다.

- 말 한마디 따뜻하게 건네야 했는데 용기가 없었습니다.

- 바람 따라 세월 따라 살다 보면 잊힐 줄 알았는데,
  그 사람이 아직도 가슴에 남아 있습니다.

- (돌아가신 분 멘트)
  이제는 얼굴을 보려고 해도 볼 수 없는 저 하늘에 별이 된 사람입니다.

- (살아계신 분 멘트)
  이제는 만나려 해도 어느 하늘 아래 살고 있는지 모르는 사람입니다.

- 오늘은 그 사람을 만나려 합니다.

- 그 사람을 내 마음에 초대하려 합니다.

- 허리와 가슴, 목을 반듯하게 펴고 편안한 자세로 앉습니다.

- 눈은 살포시 감습니다.

- 오늘 나의 마음에 초대하고 싶은 사람을 떠올립니다.

'초대 명상' 멘트 예

- 나는 지금 들꽃이 아름답게 피어 있는 파란 언덕에 서 있습니다.

- 따뜻한 바람이 불어와 내 머리칼이 날립니다.

- 내려다보이는 숲속으로 구불구불한 오솔길이 멀리 보입니다.

- 연두색 잎들이 손을 흔드는 오솔길을 따라 걷고 있습니다.

일상이 명상이다

· 숲 끝에 따뜻한 불빛이 새어 나오는 오두막이 보입니다.

· 처마에는 풍경이 바람에 흔들리며 청아한 소리를 내고 있습니다.

· 문에는 들꽃처럼 웃고 있는 내 사진이 붙어 있습니다.

· 오두막 문을 열고 집으로 들어갑니다.

· 거실은 햇살이 들어와 밝고 따뜻합니다.

· 탁자에는 보라색 국화가 함초롬히 꽂혀 있습니다.

· 창가에는 찻물이 조용히 끓고 있습니다.

(잠시 침묵)

· 그 사람이 문을 열고 들어와 의자에 앉습니다.

· 그 사람의 얼굴을 가만히 바라봅니다.

· 나는 그 사람의 찻잔에 향기로운 차를 붓습니다.

· 내 찻잔에도 찻물을 조용히 붓습니다.

· 차를 마시며 그 사람과 이야기합니다.

(잠시 대화-사람마다 대화 시간을 충분히 갖습니다.)

· 시간이 지나고 그 사람이 살며시 일어나 문을 나갑니다.

· 문 앞에서 나를 돌아봅니다.

· 문이 닫히고 오두막엔 다시 적막감이 찾아옵니다.

· 지금 나의 마음은 어떤가요?

· 기쁜가요? 슬픈가요? 아쉬운가요?

· 나의 마음을 가만히 들여다봅니다.

4장 연민, 따뜻한 마음을 키우는 시간

· 마음에 남아 있는 만남의 여운을 모두 놓아줍니다.

· 명상이 끝나면 숨을 크게 들이쉬고 내쉬며 천천히 눈을 뜹니다.

6

차 한 잔이 주는 행복 (차 명상)

바쁜 일상에서 나를 위해 차 한 잔을 마시는 일은 돌봄의 시간이다. 열심히 일하고 점심을 먹고 마시는 커피 한잔은 많은 위로와 힐링을 가져다준다. 경치 좋은 카페에서 차를 마시면 더없이 좋겠지만, 짧은 점심 시간으로는 역부족이다. 현실적으로 사무실 자판기에 커피를 마실 수밖에 없는 사람도 많다. 하지만 차를 마신다는 것은 어디서 어떻게 마시든 그 이상의 의미와 위로가 있다.

김상운 기자의 『왓칭』이라는 책에는 이런 이야기가 나온다. 스탠퍼드 대학의 양자 물리학자 틸러 박사는 빈 잔에 기도하고 멀리 있는 친구에게 잔을 보냈다. 돈이 없던 가난한 친구는 싼 커피를 마실 수밖에 없는 사람이었다. 그런데 놀라운 일이 벌어졌다. 친구가 싸구려 커피를 잔에 붓기만 해도 확 맛이 고급스럽게 달라졌다는 것이다. 이상해서 거듭거

4장 연민, 따뜻한 마음을 키우는 시간

155

듭 실험해 보았지만 마찬가지였다. 더욱 놀라운 것은 커피잔에 기도를 많이 하면 할수록 더 효과가 컸다는 것이다. 나중에는 기도를 한 방에서는 기도를 한 잔이든 아닌 잔이든 똑같은 효과가 나타났다.

차를 마시며 쉬는 시간이 얼마나 좋은지 사람들은 안다. 멋진 카페에서 창을 바라보며 차를 마시는 것을 좋아한다. 차 마시는 것을 싫어하는 사람은 없다. 차를 마시면서 기분 좋은 이완을 느꼈기 때문이다. 멋진 카페가 아니어도 좋다. 차를 마시는 시간은 나와 만나는 시간이다. 아무도 방해하지 않고 내가 즐길 수 있는 시간과 장소면 어디든 충분하다. 나를 만나는 시간을 자주 가진다는 것은 나를 돌보는 일이다.

자판기에 커피를 마시면 어떤가? 고급 레스토랑에 앉아서 마신다고 상상하면 그 차는 고급스러운 차가 되는 것이다. 문제는 우리의 마음이다. 생각도 에너지기 때문에 좋은 기운이 전달되면 마시는 차도 그 영향을 받는다. 이제 어디서든지 온 마음을 다하여 차를 즐기면 된다. 그 차는 상상하는 곳에 따라 고급스러운 향기를 품은 명품 차가 될 테니까 말이다. 차를 마실 때는 이 세상에서 가장 의미 있는 일을 하듯 차를 마신다. 여왕의 품위로 따뜻한 찻잔을 손으로 감싸안으며, 지금 여기 몸과 마음이 함께 머물고 있음을 알아차린다.

'차 명상' 멘트 예

- 숨을 들이마시고 내쉬며 편안하게 마음을 갖습니다.

- 창가 주전자에 찻물이 끓어오르는 광경을 아무 생각 없이 바라봅니다.

- 물이 끓어오르면서 물방울이 위로 올라오는 모습도 바라봅니다.

- 미세하게 들려오는 물이 끓는 소리를 행복한 마음으로 듣습니다.

- 찻잔에 찻물을 부으며 따뜻한 수분이 올라옴도 느껴 봅니다.

- 눈을 감고 코끝을 스치는 차의 그윽한 향을 맡아봅니다.

- 모든 행동은 천천히 여유를 가지고 움직입니다.

◆◆◆

- 찻잔을 아주 귀중한 보물을 감싸안듯 두 손으로 감싸안습니다.

- 찻잔에서 전해오는 따뜻함을 온몸으로 느껴 봅니다.

- 고요함 속에 째깍대는 시계 소리도 듣습니다.

- 창밖에서 들려오는 새소리도 들어봅니다.

- 소리를 따라 생각이 멀리 가지 않습니다.

◆◆◆

- 입술에 닿는 찻잔의 감촉, 코끝에서 느껴지는 차의 향기를 그대로 느껴 봅니다.

- 지금 여기에 온전히 차를 마시는 나를 알아차려 봅니다.

- 차를 마시며 생각이 다른 곳으로 흩어지려 하면 그 또한 알아차립니다.

- 차를 한 모금 마시며 차의 온도를 느껴 봅니다.

- 코끝에서 느껴지는 차의 향기를 느껴 봅니다.

4장 연민, 따뜻한 마음을 키우는 시간

- 차를 또 한 모금 마시며 혀에 느껴지는 맛도 알아차려 봅니다.

- 차를 마시는 지금 내 마음은 어떤지 들여다봅니다.

- 차를 마시는 지금 내 몸은 어떤 반응이 일어나는지 알아차려 봅니다.

- 지금은 그냥 차를 마시는 한 사람으로 존재함도 알아차립니다.

- 천천히 차를 마시며 여기에 몸과 마음이 함께함을 느껴 봅니다.

- 지금 차를 마시는 일이 세상에서 가장 가치 있고 중요한 일이라 여깁니다.

- 몸과 마음이 편안하게 이완됨을 느껴 봅니다.

- 행복한 마음으로 차 명상을 끝냅니다.

7

따뜻한 사랑을 가슴에 (자비 명상)

살아가다 보면 나와 맞지 않는 사람을 계속 봐야 하는 괴로운 일이 발생한다. 그 사람이 가족이라면 더 힘들고 해결되기가 쉽지는 않다. 미워하는 마음은 분노와 괴로움을 낳는다. 미워하는 마음의 아름다운 최종 덕목은 용서일 것이다. 보기도 힘든 사람을 어떻게 용서하란 말인가? '용서'란 참 쉽지 않은 말이다. 그래도 마음 한 자락을 내어 자비 명상을 할 때 타인에게 사랑의 에너지를 보낼 수 있다. 사랑하는 마음은 남에게만 보내는 것은 아니다. 내가 편안해야 다른 사람에게도 사랑을 줄 수 있다. 하여 제일 먼저 나에게 자비의 마음을 키워 행복해져야 한다.

사람에게만 사랑의 에너지는 전해지는 것일까? 아니다. 지구에 있는 모든 존재와 사물에 자애의 마음을 전달할 수 있다. 우리는 모두 연결되어 있으니까. 장미꽃 한 송이에 모든 지구가 들어 있듯이 내 안에도 모든 것이 연결되어 있다. 생각은 에너지여서 파동을 일으키며 퍼져나간다.

내가 진심으로 누군가를 향해 마음을 보낸다면 그 정성은 상대방에게 분명히 전달될 것이다. 그 사람에게 직접 말할 수도 있지만, 연습이 되지 않은 우리는 그 실행 앞에 머뭇거려진다. 이때 따뜻한 마음을 보내는 명상부터 해 보면 어떨까? 분명히 진심 된 마음이 상대방의 가슴에 전해질 것이다. 행복한 마음은 전염성도 강하니까. 그런 행복한 마음과 자비가 보태진다면 그래도 우리가 사는 세상이 조금은 아름다워지지 않을까?

'자비 명상' 멘트 예

- 허리 펴고 고개는 똑바로 앞으로 향합니다.

- 편한 자세로 앉아 눈을 살포시 감습니다.

- 숨을 들이쉬며 맑은 공기가 내 몸으로 들어옴을 느껴 봅니다.

- 숨을 내쉬면서 내 안에 고여 있던 탁한 마음 스트레스, 병균 등이 몸 밖으로 빠져나간다고 상상합니다.

- 살아가면서 마음이 따뜻해졌던 때의 상황을 생생하게 떠올립니다.

- 숨을 쉴 때마다 따뜻한 마음이 내 몸 가득 채워진다고 상상합니다.

- 그때 느꼈던 마음을 따뜻한 빛으로 가슴에 모읍니다.

- 충분히 내 마음에 따뜻한 마음이 충전되도록 잠시 기다립니다.

◆◆◆

- 내가 알게 모르게 남에게 준 상처에 용서를 구합니다.

일상이 명상이다

- 남이 나에게 준 상처도 용서하려는 마음을 내 봅니다.

- 엄마가 나에게 말하듯이 아주 다정하고 친절하게 말합니다.

✦✦✦

- 내 몸과 마음이 편안하기를

- 내가 행복하고 평화롭기를

- 내가 몸과 마음이 건강하기를

- 내가 근심이나 고통에서 벗어나기를

- 내가 자애로운 마음으로 충만하기를

(마음을 보내고 싶은 좋아하는 사람을 한 사람 떠올립니다.)

- 당신의 몸과 마음이 안전하고 편안하기를

- 당신이 언제나 몸과 마음이 건강하기를

- 당신이 근심이나 고통에서 벗어나기를

- 당신이 사랑으로 충만하기를

- 당신이 행복하고 평화롭기를

(이제 나와 불편한 관계에 있거나 나에게 상처를 준 사람을 떠올립니다.
너무 큰 상처를 준 사람은 떠올리지 않습니다.)

- 그 사람이 언제나 몸과 마음이 건강하기를

- 그 사람이 근심이나 고통에서 벗어나기를

- 그 사람이 사랑으로 충만하기를

- 그 사람이 행복하고 평화롭기를

(이제 모든 존재에게 따뜻한 마음을 보냅니다.)

4장 연민, 따뜻한 마음을 키우는 시간

· 모든 존재가 사랑으로 가득 차기를

· 모든 존재에 몸과 마음이 건강하기를

· 모든 존재가 평화롭고 행복하기를

· 모든 존재가 고통과 질병에서 벗어나기를

· 모든 존재에 사랑과 호의가 가득하기를

(온 세상 만물에 따뜻한 마음을 보냅니다.)

· 숨을 들이마시고 내쉴 때 내 따뜻한 자애가 온 천지에 퍼져나가기를

· 이 따뜻한 자애가 온 세상 만물에 깃들기를

· 이 따뜻한 자애가 온 지구에 평화롭게 깃들기를

· 온 지구가 평화롭고 평온하기를

· 숨을 깊게 들이쉬고 내쉬며 천천히 눈을 뜹니다.

8

나를 위해 울지 말아요 (애도 명상-시)

　한 해도 이제 끝자락에 와 있다. 한 해를 돌아보면 아쉽게 잃어버렸던 상실의 순간들과 상처로 남은 흔적들이 보인다. 사람은 살아가면서 상처에 다시 새살이 돋기도 하고 무뎌져서 굳은살로 남아 있기도 한다. 사람이 겪는 상실 중에 사랑하는 사람의 죽음은 무엇으로도 완전하게 치유될 수는 없다. 우리는 어쩌면 나도 언젠가는 죽을 거라는 사실을 잊고 살아가고 있는 것은 아닌지 모르겠다. 우리는 늙고 병들고 아프고 죽을 수밖에 없는 존재이다. 누구도 예외가 될 수 없는 똑같은 조건이다. 나도 나이가 들면 아프고 죽을 수밖에 없는 존재이다. 남의 이야기가 아닌데 남의 이야기처럼 느끼고 산다. 내가 사랑하는 가족 또한 마찬가지이다. 우리는 죽으면 흔적도 없이 사라지는 것일까? 〈천 개의 바람이 되어〉라는 노래의 가사를 보면 그래도 조금은 마음에 위로가 된다.

<천 개의 바람이 되어>

나의 사진 앞에서 울지 마요 나는 그곳에 없어요

나는 잠들어 있지 않아요. 제발 날 위해 울지 말아요

나는 천 개의 바람 천 개의 바람이 되었죠

저 넓은 하늘 위를 자유롭게 날고 있죠

– 후략 –

우리는 죽으면 정말 자유로워지는 것일까? 생로병사(生老病死)의 고통에서 벗어나 진정한 자유를 누릴 수 있는 것은 아닐까? 틱낫한 스님은 그의 저서 『마음은 사라지지 않는다』에서 우리가 살아서 걸어가는 것은 혼자 걷는 것이 아니라고 말한다. 이미 내 몸의 세포 속에는 우리 부모님, 아니 그 위에 조상들의 DNA가 살아 있다는 것이다. 하여 우리는 결코 혼자 걷는 것이 아니라고 한다. 부모님의 흔적인 내가 살아서 움직이고 있기에 부모님은 내 안에 살아 있다고 말한다. 또한 우리는 걸을 때 돌아가신 분 누구도 초대하여 함께 손잡고 걸어갈 수 있다는 것이다. 먼저 간 사랑하는 사람과 함께 대화하고 그분들의 마음으로 세상을 바라볼 수 있다고 말한다. 진심으로 위로가 되는 아름다운 말이다.

많은 사람이 사랑하는 사람이 내 곁을 떠나면 그때 후회하는 경우가 많다. 나도 그랬으니까. 어머님이 돌아가셨을 때, 살아 계실 때 한 번이라도 더 가서 뵐 것을 왜 그리 못했는지 때늦은 후회를 많이 했다. 그러다 알게 되었다. 사랑하는 사람이 내 곁을 떠난 후에도 우리는 마음을 언제든지 전할 수 있다는 것을 말이다. 살아 있을 때처럼 초대하여 내 마음을 전하면 된다. '초대 명상'을 하며 차 한 잔 나누며 미안한 마음을 전할 수도 있다.

나의 방에는 어머니가 돌아가시기 전, 강둑을 산책하고 돌아올 때 꺾어온 노란 꽃을 들고 찍은 사진이 있다. 그 사진을 보면 엄마는 내 마음에 그 시절 그 모습으로 살아계신다. 내가 살아 있는 한 엄마는 내 마음과 형제들의 마음에 살아 있는 것이다. 나도 마찬가지일 것이다. 내가 죽는다 해도 나의 흔적은 내 아이들 마음과 모습에서 살아 움직일 것이다. 그렇게 생각하면 그래도 조금은 죽음이 덜 외롭고 덜 두려워진다. 죽음은 내가 사라지는 것이 아니니까.

얼마나 아름다운 상상인가? '애도 명상'은 현재에 오롯이 살아 있을 때 할 수 있는 명상이다. 사랑하는 사람을 위해 눈물 흘리는 것은 아름다운 일이다. 많이 애도하고 사랑했을 때 그 사람을 온전히 자유로운 곳으로 보낼 수 있다. 사랑하는 사람은 죽은 것이 아니라, 살아 있는 사람 중에 살아 있다. 또한 다른 모습으로 또 태어나고 변화해 간다. 세상에 있는 모든 곳에서 다른 모습으로 살아서 움직일 것이다. 구름으로 때로는 바람으로, 낙엽으로, 꽃으로……

4장 연민, 따뜻한 마음을 키우는 시간

죽은 이를 위한 애도 명상 시

들꽃향기 신계숙

나는 꽃으로 태어나 꽃으로 돌아갑니다

비록 모습은 없어졌지만, 영원히 사라진 것이 아닙니다

낙엽 속에 숨어 있기도 하고 흙 속에 잠들어 있기도 합니다

나는 햇볕이 비추고 바람이 불고 비가 내리면 다시

다른 모습으로 태어날 것입니다

내 모습이 없어졌다고 슬퍼하지 말아요

민들레도 되고 제비꽃도 되고

해바라기로 태어날 수도 있습니다

나는 죽은 적도 없고 사라진 적도 없습니다

다만 잠시 여행하고 있을 뿐입니다

때로는 밤하늘에 별이 되어 그대를 비추기도 하고

비가 되어 그대의 어깨를 토닥일 수도 있습니다

시원한 바람이 되어 흐트러진 그대의 머리카락을

쓸어 줄 수도 있습니다

분홍빛 스러지는 노을이 되어 그대를

일상이 명상이다

행복하게 할 수도 있습니다

나는 어디에도 있고 어디에도 없습니다

그대여 나를 위해 눈물 흘리지 말아요

내 몸은 진정한 내가 아닙니다

나는 그보다 훨씬 자유로운 존재입니다

바람처럼 태어났다 바람처럼 가는 존재입니다

태어남도 죽음도 초월한 존재입니다

그대여 나를 위해 눈물 흘리지 말아요

우리는 오늘도 만나고 내일도 만납니다

가끔은 구름으로, 낙엽으로

때로는 바람에 흔들리는 들꽃으로.......

5장

명상, 내 삶이 꽃피는 시간

삶은 살아가는 과정도 명상이다.

특별해지려 애쓰지 않아도 충분하다.

명상은 멈추고, 바라보고, 이해하며 따뜻해진

마음으로 하루를 살아가는 여정이다.

명상은 그 삶의 길에 꽃이 되어 피어난다.

1

풀잎은 누웠다 다시 일어난다
(흔들릴 때 나로 돌아오는 명상)

풀꽃은 바람에 휘어져도 다시 원래의 모습으로 돌아온다. 불어오는 바람을 탓하지 않는다. 사람도 그렇다. 잡초의 끈질긴 생명력을 그대로 닮았다. 우리는 주위에서 모진 삶의 과정을 꿋꿋이 견뎌내고 자신만의 꽃을 피우는 사람들을 종종 본다. 모진 세파에 흔들리다가 원래의 자리로 돌아오기란 쉽지 않다. 하지만 많은 사람이 흔들리며 다시 돌아와 살아가기를 계속한다. 사람도 휘어지며 일어나는 풀꽃을 닮았다.

명상을 함께 공부하는 오래된 지인이 있다. 삶에 굴곡이 많아 너무 애쓰며 사는 모습이 안타까울 때가 종종 있었다. 이 지인은 우울증이 친구처럼 끈질기게 따라다닌다. 그때마다 우울증을 극복하며 살아 내는 모습을 보면 너무 놀랍다. 마음을 공부하다 보니 자신을 누구보다 잘 알아차린다. 우울증에서 빠져나오기 위해 노력하는 모습 또한 남다르다. 흔들리다 다시 제자리로 돌아오기를 반복한다. 그 과정에서 알아차리고 다시 지금으로 되돌아오기를 무수히 되풀이하고 있다. 우울증의 원인도 스스로 깨닫게 되고 자신을 다독일 줄도 알게 되었다. 그 모습이 바람에 누웠다 다시 제자리로 돌아오는 가녀린 풀꽃을 닮았다. 흔들리고 다시 돌아올 때 자신을 들여다보는 명상은 너무나도 도움이 되었다고 말한다.

명상은 이렇게 자신을 들여다보게 한다. 누구에게나 삶은 녹록하지 않다. 많은 사람이 어려움이 왔을 때 그 책임을 회피하며 다른 사람에게 원인을 전가한다. 하지만 자신을 잘 볼 수 있게 된다면, 다른 사람을 원망하기보다 문제 해결 방법을 내 안에서 찾게 된다. 또한 작은 것에 감사할 줄 아는 마음이 생긴다. 따라서 작지만, 행복을 주는 것들이 눈에 보이기 시작한다. 명상은 그런 것이다. 어떤 큰 능력이 내게 하루아침에 오는 것이 아니다. 명상은 안개처럼 뿌옇게 보였던 삶을 정확하게 보는 눈을 갖게 한다. 혼란한 속에서 보이지 않았던 나를 보게 해 준다. 나에 대한 믿음이 생기게 해 준다. 세계적 테니스선수인 비너스 윌리엄스는 자신의 믿음에 대해 이렇게 말했다.

"아무도 나를 믿어주지 않을 때, 당신은 자기 자신에 대한 믿음을 가져야만 한다. 당신을 승자로 만들어 주는 것은 바로 그것이다."

'흔들릴 때 나로 돌아오는 명상' 멘트 예

· 허리 펴고 편안한 마음으로 앉습니다.

· 눈은 부드럽게 감습니다.

· 숨을 길게 들이쉬고 내쉽니다.

· 세 번 복식 호흡한 다음에는 몸이 알아서 숨 쉬게 내버려둡니다.

· 지금 내가 느끼는 감정이 무엇인지 잠시 나를 들여다봅니다.

· 근심, 걱정, 분노 등 지금 가지고 있는 감정들을 잠시 선반 위에 살포시 올려
  둡니다.

◆◆◆

· 지금 앉아 있는 내 모습도 마음의 눈으로 바라봅니다.

· 발바닥이 바닥에 닿아 있는 느낌, 엉덩이가 의자에 닿아 있는 느낌을 느껴 봅니다.

· 지금, 이 순간 나는 누구보다 소중한 존재입니다.

· 나는 이 지구 안에서 무엇으로도 대체 할 수 없는 유일한 존재입니다.

· 이 세상에서 나만의 향기와 빛을 가진 꽃 같은 존재입니다.

· 나는 내 안에 희망과 무한한 가능성을 가지고 있습니다.

· 나는 나만의 꽃을 피울 수 있는 사람입니다.

· 나는 그런 귀한 존재입니다.

· 나는 그런 나를 믿습니다.

· 지금 이대로의 나를 믿습니다.

· 지금 이대로의 나를 받아들입니다.

일상이 명상이다

- 모든 감정은 지나가는 바람 같습니다.

- 나는 힘들면 힘들다고 이야기할 수 있는 사람입니다.

- 지금 힘든 감정들이 지나가고 평화가 찾아온다는 것도 나는 알고 있습니다.

- 나는 누웠다가 다시 일어나는 풀꽃처럼 다시 일어서는 힘을 가지고 있습니다.

- 지금 이대로의 나를 사랑합니다.

- 나는 나를 믿습니다.

(잠시 명상)

- 정수리에서 따뜻한 노란 빛이 들어와 발끝까지 채워진다고 상상합니다.

- 온몸이 따뜻하고 노란빛으로 채워지면서 몸의 구석구석이 편안하게 이완됨을 느껴 봅니다,

- 그 편안함을 잠깐 그대로 느껴 봅니다.

- 심신이 편안해졌다면 손가락 발가락을 꼼지락거리며 천천히 눈을 뜹니다.

5장 명상, 내 삶이 꽃피는 시간

2

행복, 한 스푼

추가열 가수가 부른 〈행복해요〉라는 노래 가사를 보면 행복은 거창한 것이 아니라는 것을 알 수 있다. 가수는 숨 쉬고, 만지고, 말하고, 듣고 사랑할 수 있어서 행복하다고 자꾸만 노래한다. 또 이 중의 하나라도 가지고 있으면 살아 있다는 증거라고 말한다. 얼마나 위로를 주는 가사인가? 또한 가사 중 마음이 뭉클했던 부분은 "죽은 이의 그토록 바라던 소원은 숨 쉬는 오늘이 바라던 내일이죠."라는 구절이었다. 우리는 지금도 넘칠 만큼 충분한 행복을 누리며 살고 있다. 평범한 일상에 숨어 있는 작은 행복들을 알아볼 수만 있다면 우리는 또 얼마나 행복할까?

우리는 잠자리에서 눈을 뜨면 또 새로운 날을 선물로 받는다. 잠자리에서 눈을 감고 가만히 느껴 본다. 안전한 방과 따뜻하고 포근한 이불, 선물 같은 새로운 하루를 맞이함에 행복한 마음이 들 것이다. 여기에 더하여 눈이 보이고 귀가 들리고 건강하게 움직일 수 있는 몸이 있으니,

이보다 더한 행복이 있을까? 아침에 일어나기 전에 이렇게 감사의 마음과 '오늘 하루를 또 어떻게 아름답게 살아갈까?' 하는 마음을 보는 시간을 갖는다. 이런 축복의 시간을 우리는 매일 누리고 살고 있다. 정말로 우리에게 행복을 주는 것들은 대가를 바라지 않는다. 너무도 귀해서 값을 가늠할 수조차 없다. 그런 많은 것을 우리는 공짜로 누리고 살고 있다. 감사한 마음으로 세상을 보면 행복이 눈에 보이기 시작한다. 작은 것에서 감사함을 볼 수 있는 사람은 행복하다. 그 행복은 너무도 사소하여 마음을 기울이지 않으면 볼 수 없다. 하지만 바로 우리의 주위에서 언제나 별처럼 반짝이고 있다.

길을 걷다 만나게 되는 키 작은 민들레의 미소

거미줄에 걸려 신나게 그네를 타는 빨간 단풍잎

길가에 포장마차에서 풍겨오는 붕어빵의 달콤한 내음

어스름 저녁 집을 찾아가는 새들의 V자 행렬

분홍빛 자락을 길게 늘어뜨리며 저물어 가는 노을

나뭇잎을 종처럼 흔들며 놀고 있는 개구쟁이 바람

끊어졌다가 이어졌다가 들리는 계곡의 물소리

손대면 묻어날 것 같은 파란 하늘에 떠 있는 하얀 낮달

비가 지나간 다음 도시에 걸려버린 무지개다리

낙엽 이불을 덮고 봄을 기다리는 새싹

5장 명상, 내 삶이 꽃피는 시간

우산을 톡톡 두드리며 내리는 빗소리

이른 아침 카페에서 풍기는 갓 내린 커피의 향

구구 울어대는 비둘기의 구슬픈 울음소리

유모차에 타고 있는 아기의 순진한 얼굴

노점상에 앉아 있는 할머니의 주름진 손

팔랑팔랑 꽃비로 내리는 분홍 꽃잎

파란 하늘에 평화롭게 흘러가는 뭉게구름

빗물을 타고 흘러가는 노란 개나리의 여행

멀리서 들려오는 해맑은 아이의 웃음소리

기차 차창으로 지나가는 비슷비슷한 산과 들

하얗게 눈꽃을 이고 행복하게 서 있는 나무들

담장 위에 누군가 놓고 간, 눈 오리 삼 형제

지하철에서 먼저 앉으라고 권하는 사람의 선한 얼굴

아름다움을 볼 수 있는 눈

격려의 말을 할 수 있는 입

다른 사람의 말을 들어줄 수 있는 귀

올바름을 생각할 수 있는 머리

어디든 자유롭게 걸을 수 있는 다리

일상이 명상이다

내가 누어서 편안하게 잘 수 있는 집

언제나 힘이 되는 사랑하는 가족들

이웃의 아픔을 함께 아파할 수 있는 가슴

나를 염려해 주는 아웃의 고마운 사람들

우리를 둘러싸고 있는 환경은 사소하지만, 그 힘은 위대하다. 우리는 이렇게 너무도 많은 좋은 것을 누리고 있다. 귀한 것들을 누리고 살고 있음에 감사하고 행복하지 않은가? 하지만, 이 모든 것은 함께 어울려 있을 때 가능하다. 이 세상은 나 혼자서는 살 수 없다. 그 뜻은 혼자서는 행복할 수 없다는 말이다. 서로 주고받을 때 더 행복해지는 것이다. 독일의 철학자 괴테는 행복을 이렇게 말한다.

"행복하게 살고 싶은가? 그럼 두 개의 가방을 들고 여행하라. 하나는 주기 위한 가방이고 다른 하나는 받기 위한 가방이다."

오늘 내가 사는 세상도 내일 내가 살 세상도 모두 행복이 기다리고 있다. 신은 우리가 걸어가는 길섶에 행복을 숨겨 두었다고 한다. 우리가 살아가면서 하나씩 찾으면서 행복하게 살라고 말이다. 함께 더불어 살아가는 걸음걸음 감사하고 행복하지 않은가? 감사함을 알아차리는 마음은 행복이다. 매일 매일의 순간이 기적이고 행복이다. 살아가는 일상이 명상이다.

5장 명상, 내 삶이 꽃피는 시간

당근을 썰면서 미소를~

　예전에 프로필 사진을 찍으러 사진관에 간 적이 있다. 조금 중요한 곳에 사진을 제출하는 것이라 난생처음 풀 메이크업을 하고 정장도 빌려 입었다. 거울 속에 나는 내가 아니듯 낯설어 보였다. 사진을 찍기 전에는 그냥 몇 컷 정도 찍는 줄 알았다. 사진 촬영이 시작되자 기사님은 연신 미소를 지어 보라고 했다. 그러나 막상 웃으려니 얼굴 근육이 굳어 표정이 쉽게 풀리지 않았다. 그 순간 문득 '나는 그동안 얼마나 웃으며 살아왔을까?' 하는 생각이 스쳤다. 프로필 사진 한 장을 건지기까지 거의 70컷을 찍어야 했다. 겨우 얻은 한 장의 미소를 보며, 나는 그동안 얼마나 웃음에 인색했는지 비로소 깨닫게 되었다.

　우리는 좋은 일이 있으면 웃음이 저절로 나온다. 하지만 좋은 일이 없어도 미소를 먼저 지으므로 행복해질 수 있다. 틱낫한 스님의 명상 문구를 보면 빙그레 미소 지으라는 명상 구절이 많다. 그것도 꽃과 같은 미소를 지어서 다른 사람에게 좋은 에너지를 보내라고 말한다. 아침에 잠에서 깨면 먼저 미소로 하루를 맞이하라고 한다.

아기는 무엇을 보든 잘 웃는다. 아기의 웃음은 듣는 사람에게도 미소를 전해 준다. 우리도 아기일 때는 잘 웃고 행복하게 살았다. 언제부터 그 웃음이 사라진 것일까? 웃는 일은 좋은 일이다. 하지만 이제는 웃는 일도 연습이 필요한 나이가 되었다. 40이 넘으면 자기 얼굴은 자신이 책임져야 한다는 말도 있다. 부드럽고 온화한 얼굴은 하루아침에 만들어지는 것이 아니다. 순간순간 깨어 수행하지 않으면 결코 가질 수 없다. 거울을 보면서, 걸어가면서, 음식을 먹기 전, 이를 닦기 전, 사람을 만나기 전, 청소하며, 지하철을 타고 가며, 쓰레기를 버리며, 대화하며, 물건을 사면서 등 온종일 알아차리고 얼굴에 미소를 잃지 않아야 가능한 일이다. 웃는 일도 명상이다. 이렇게 미소가 나에게 정착되려면 많은 알아차림이 필요하다. 웃는 일 하나 제대로 못 하고 산다면 다른 것도 뜻대로 하지 못할 것이다. 미소가 장착된 하루는 평범하게 보이지만 특별하다. 내 미소의 에너지가 꽃향기처럼 다른 사람에게 퍼져나갈 것이니까.

살다 보면 미소를 잃어버릴 수도 있다. 하지만 내 괴로움, 화도 미소 지으며 받아들여야 한다. 아무 조건 없이 받아들이고 안아주었을 때 비로소 괴로움의 뿌리는 녹아내린다. 다행인 것은 우리는 혼자 살고 있지 않고 많은 사람과 더불어 살아가고 있다. 내 주위의 사람들이 미소를 머금고 나를 바라봐 준다면 좋은 에너지를 받을 수 있다. 미소는 사람에게만 있는 것은 아니다. 눈을 들어보면 자연에서 오는 변하지 않는 미소를 느낄 수 있을 것이다. 길가에는 나를 향해 웃음을 짓는 들꽃이 살고 있다. 또한 당당히 서 있는 나무는 보기만 해도 힘을 준다. 잠시 내가 웃음을 잃었다고 해도 다른 곳에서 웃음을 찾을 수 있다면 나는 행복한 사람이다. 마음에 여유가 생기면 길을 가다 자꾸 멈추게 된다. 작은 얼굴의 꽃들과 새싹이 보이기 시작한다. 그 어린싹이 보내는 위로는 너무도 감동적이다. 순수하기에 조건 없이 마음에 와닿는다. 틱낫한 스님의 『peace is every step』이라는 책에는 이런 아름다운 시구가 나온다.

'나의 미소 잃어버렸네.
하지만 걱정하지 마오.
그것은 민들레가 간직하고 있다오.'

민들레에서 잃어버린 미소를 보는 사람은 행복하다. 마음이 열린 사람이다. 아마도 자꾸 걸음이 멈춰지는 사람일 것이다. 틱낫한 스님은 "당근을 썰면서 미소 짓는 연습을 해 보았느냐?"라고 묻는다. 또 걸어가면서 지나가는 사람에게 미소 지었느냐고 묻는다. 얼마나 아름다운 질문인가? 생각만 해도 미소가 저절로 지어진다. 행복해서 웃기도 하지만 웃어서 행복해지기도 한다. 미소 짓는 하루하루가 모여서 나의 빛나는

삶이 될 것이다. 일상에서 빙그레 미소 지으며 살자. 잘 웃는 일도 명상
이다. 일상이 명상이다.

4

내 안에 별이 흐르고 바람이 불고
(호흡 이미지 명상)

명상을 수련하게 되면 내면으로부터 오는 심오한 고요와 만날 수 있다. 우리는 항상 빨리빨리 해야 하는 긴장 속에서 살아왔다. 하여 가끔 시간이 멈춰진 것 같은 고요한 시간과 마주치면 뭔가 어색하여 다시 분주함을 찾게 된다. 거리에 나가면 항상 사람들이 북적거린다. 그 사이에 있어야 살아 있는 것 같고 안심이 된다는 사람도 있다. 요즘의 세상은 마음만 먹으면 숨을 곳이 많다. 많은 사람 속에 적당히 숨어서 나를 드러내지 않고 살 수 있는 곳이 많다. 어떤 사람은 명상을 숨기 위한 도피처로 선택하기도 한다. 하지만 이런 명상은 현실에 발을 들여놓는 즉시 다시 원점으로 돌아갈 수밖에 없다. 머리에만 있는 지식은 죽은 지식이다. 명상도 마찬가지이다. 마음으로 녹아내리지 않는 명상은 아무런 효과가 없다. 그래서 수행이 필요하지 않은가?

진정한 나를 만나는 일은 축복이다. 흔들리지 않는 고요와 만나는 일은 은총이다. 심오한 고요와 만나기 위해 산으로 갈 필요는 없다. 언제 어디서든, 나에게 집중하면 만날 수 있다. 전철 안이든 사무실이든 꾸준하게 나를 들여다보는 수련이 필요하다. 이때 심상을 떠올려 함께하는 명상은 몸과 마음을 평온하게 하는 데 효과적이다. 명상을 잘 알지 못하는 초보자도 할 수 있다. 숨을 들이쉬고 내쉬면서 생생한 심상을 떠올려 보자.

'호흡 이미지 명상' 멘트 예

- 허리 펴고 고개는 똑바로 앞으로 향합니다.

- 편한 자세로 앉아 눈을 살포시 감습니다.

- 숨을 들이쉬면서 숨을 들이마시고 있음을 분명하게 알아차립니다.

- 숨을 내쉬면서 숨을 내쉬고 있음을 분명하게 알아차립니다.

- 세 번 반복합니다.

♦♦♦

- 숨을 들이쉬면서 넓은 호수가 되어 봅니다.

- 숨을 내쉬면서 편안해진 마음을 느껴 봅니다.

- 숨을 들이쉬면서 대지에 내리는 비가 되어 봅니다.

· 숨을 내쉬면서 마음이 넓어짐을 느껴 봅니다.

· 숨을 들이쉬면서 들판에 핀 꽃이 되어 봅니다.

· 숨을 내쉬면서 마음이 평화로워짐을 느껴 봅니다.

· 숨을 들이쉬면서 들판에 부는 바람이 되어 봅니다.

· 숨을 내쉬면서 마음이 시원해짐을 느껴 봅니다.

· 숨을 들이쉬면서 끝없이 파란 하늘이 되어 봅니다.

· 숨을 내쉬면서 마음에 행복이 가득 참을 느껴 봅니다.

· 숨을 들이쉬면서 분홍빛으로 저물어 가는 노을이 되어 봅니다.

· 숨을 내쉬면서 가슴에 경이로움이 가득 참을 느껴 봅니다.

· 숨을 들이쉬면서 높은 산이 되어 봅니다.

· 숨을 내쉬면서 마음이 단단해짐을 느껴 봅니다.

· 숨을 들이쉬면서 하늘에 뜬 구름이 되어 봅니다.

· 숨을 내쉬면서 마음이 포근해짐을 느껴 봅니다.

· 숨을 들이쉬면서 밤하늘에 빛나는 별이 되어 봅니다.

· 숨을 내쉬면서 마음에 신비함이 가득 참을 느껴 봅니다.

· 숨을 들이쉬면서 따뜻한 햇볕이 되어 봅니다.

· 숨을 내쉬면서 가슴이 따뜻해짐을 느껴 봅니다.

(잠시 명상)

· 숨을 깊게 들이쉬고 내쉬면서 천천히 눈을 뜹니다.

※ 심상은 천천히 떠올리고 충분히 그 광경에 머무릅니다.

일상이 명상이다

고요하게 앉아 있는 모습만 상상해 보아도 가슴에 평화가 찾아오지 않는가? 우리는 화가 나면 화가 몸으로 느껴진다. 슬프면 슬픔 자체가 내가 되어 눈물로 흐른다. 기쁘면 온몸의 세포가 모두 흥분한다. 이렇게 감정과 한 몸이 되어 오랜 세월 살아왔다. 이제 고요해지는 것도 몸과 마음이 하나가 됨을 느껴 보자.

넓은 호수가 되어 앉아 있으면 마음과 몸은 호수로 하나가 된다. 분홍빛으로 스러지는 노을이 되면 그 순간은 몸과 마음은 분홍빛으로 하나가 된다. 티 없이 파란 하늘이 되어 보면 내 마음과 몸은 파란 하늘로 하나가 되어 편안해진다. 바람에 어깨를 맞대며 흔들리는 꽃 되어 보면 한없이 행복해진다. 고요하고 평화로운 몸과 마음에는 잡념이 들어올 틈이 없어진다. 부정적인 생각이 들어오려다 어디로 가야 할지 몰라 길을 잃어버리게 된다.

우리 주위에는 무수한 꽃들이 핀다. 꽃들이 피는 모습을 본 적이 있는가? 꽃은 소리 없이 핀다. 꽃은 고요 속 찰나에 핀다. 사람도 꽃이다. 자신에게서 꽃을 볼 수 있는 사람은 열린 사람이다. 꽃을 보는 시간은 순수한 내가 되는 시간이다. 나에게 꽃이 피는 순간은 언제 어디서든 가능하다. 꽃을 찾으러 멀리 갈 필요는 없다. 꽃은 이미 내 속에 존재하고 있으니까.

"꽃을 보기 위해 집 밖으로 나가지 말라.

내 친구여, 굳이 그런 수고를 하지 말라.

그대의 몸 안에 꽃들이 있다."

-카비르-

우리는 행복해지기 위해 명상을 한다. 명상하는 목적이 행복일 수는 없지만, 명상함으로써 행복은 저절로 얻어지는 보너스다. 몸과 마음은 더없이 고요해지고 차분해진다. 우리는 좁은 틀에 갇힌 존재가 아니다. 우주에서 와서 자유롭게 살아가는 존재이다. 우리 안에 온 우주가 다 들어 있다. 바쁘다고 종종거리며 그 기적 같은 사실을 잊고 산다. 가끔은 자연이 되어 보아라. 내 안에 숨어 있던 평화가 살아날 것이다. 구름인 나, 바람인 나, 꽃인 나는 원래 자유롭고 행복한 존재였다. 가끔은 고요히 앉아 나를 들여다보라. 내 안에 별이 흐르고 바람이 불고 꽃이 피어날 것이다. 꽃 피는 일도 명상이다. 꽃을 보는 일도 명상이다.

일상이 명상이다

5

나는 내 삶의 주인공!

오래전에 동국대 평생교육원에서 하는 마인드힐링지도사 워크숍을 간 적이 있었다. 워크숍 마지막 날 '천상천하 유아독존'이라는 프로그램 하며 연수를 마무리했었다. 이때 스님께서 한 사람 한 사람 이름을 불러 주셨다. 그러고는 이 세상에서 하나밖에 없는 존재로서 인정하고 격려하는 의식을 해 주셨다. 내 이름을 불러주면서 귀한 존재로 대접받아 본 적이 없어서 감동이었다. '내가 이렇게 귀한 존재였구나!'라는 생각이 들었다. 사람은 자신을 전적으로 믿어주는 사람 한 사람만 있어도 세상을 살아가는 힘을 얻는다고 하지 않는가. 그보다 더 중요한 것은 내가 나를 있는 그대로 인정하고 보듬는 일이다. 나를 온전하게 수용하고 허용하지 않으면 남도 나를 인정하기가 쉽지 않다. 내가 나를 소중하게 여겨야 다른 사람도 나를 값지게 생각하게 된다. 이때 마음에는 나를 향한 연민과 타인을 향한 자비심이 일어나게 된다.

나는 내 삶을 이끌어가는 주인공이다. 오늘의 내 모습은 과거에 내가 살아온 결과이다. 내가 선택하며 살아온 사람의 삶은 생기가 있다. 그 결과가 조금은 흡족하지 않더라도 말이다. 내가 내 삶의 주인공 노릇을 못 하면 다른 사람이 내 삶을 끌고 가게 된다. 끌려가는 인생이 행복할 리가 없다. 넘어지고 깨지더라도 내가 스스로 걸어가는 길이어야만 의미가 있다. 그곳이 어디여도 상관없다. 당나라의 선승 임제 의현의 선어로 '수처작주 입처개진(隨處作主 立處皆眞)'이라는 말이 있다.

'어느 곳, 어느 처지에 있든 자신을 잃지 않고 주인이 되면 그 자리가 곧 진리의 자리이다.'

환경에 휘둘리지 않고 주관을 가지고 살면 매 순간이 삶의 주인이 된다는 말이다. 하지만 인생을 내 주관대로 살기란 쉽지 않다. 요즘은 볼 것, 들을 것, 가질 것 등 달콤한 유혹들이 너무도 많다. 금방이라도 무엇인가 이룰 것도 같고 나의 명예가 다른 사람보다 확 올라갈 것 같은 때도 있다. 하지만 인생은 내 맘대로 호락호락하지 않다. 세상이라는 학교는 때로는 수업료가 굉장히 비싸다. 주머니에 동전 한 푼 남지 않게도 하고 눈물, 콧물 다 빼고 주저앉게 만들기도 한다. 반면 철없이, 사는 게 신바람이 난다고 흥분하게도 만든다. 이리저리 세파에 흔들리기가 쉽다는 말이다. 인생이 내 맘대로 된다면 세상은 너무도 심심한 세상이 될 것이다. 내가 내 삶의 주인공으로 무엇인가 이루었을 때 살아가는 맛도 날 것이다.

　명상 특강 프로그램 마지막 날에 잘 살아온 자신에게 주는 상장을 만들고 꽃다발도 수여하는 활동이 있었다. 우리는 얼마나 열심히 살아왔는가? 아등바등 살아도 '잘 사느라 수고했다.'라는 흡족한 칭찬 한 번 받지 못하고 산다. 남에게 칭찬받지 못한다면 기다리지 말고 내가 나를 칭찬하면 되지 않을까? 많은 분이 자기 삶에 맞는 상장을 만들었다. '잘 살았다 상', '수고했다 상', '성실하다 상', '풍성한 밥상', '화이팅! 엄마 상', '해피바이러스 상', '괜찮다 상' 등 상장의 문구만 보아도 얼마나 열심히 살아왔는지 짐작이 간다. 상장을 전달할 때 꽃다발과 왕관도 쓰여 들였다. 많은 분이 살아온 날들을 돌아보며 눈물을 지으셨다.

　오늘의 주인공은 당신입니다.

　당신은 충분히 상장 받을 자격이 있습니다.

　잘 살아온 당신을 칭찬합니다.

　쓰러졌다 다시 일어나는 풀잎처럼

　잘 살아온 당신께 오늘 꽃다발과

　부상으로 왕관을 씌워 드립니다.

　오늘의 주인공은 당신입니다

　잘 살아온 당신께 박수를 보냅니다.

5장　명상, 내 삶이 꽃피는 시간

바람 같은 인생길에 나를 들여다보는 일은 나를 잡아주는 든든한 닻과 같다. 나를 들여다보는 명상은 나를 흔들리지 않게 잡아준다. 순간순간 깨어 있는 삶은 다른 생각이 들어올 틈이 없다. 나를 나로서 살게 만들어 준다. 그 자리가 어디라도 말이다. 아빠로서 엄마 또는 딸로 자신의 역할을 잘할 수 있게 만든다. 지금 어떤 처지에 있든 당당하게 살고 있다면 나를 잃지 않고 잘 살아가는 것이다. 누가 뭐래도 나는 내 삶의 주인공이다.

내가 내 삶의 주인공으로 기죽지 않고 살았을 때 나만의 꽃도 피울 수 있지 않을까? 나태주 시인은 그의 저서 『기죽지 말고 살아 봐』에서 "잘 사는 인생은 자기가 하고 싶은 일을 하면서 사는 일이고, 그렇게 살면서 남에게 폐를 끼치지 않고 사는 삶이다."라고 말한다. 우리의 인생은 그런 것 같다. 내가 나로서 살 때만 행복감을 느낄 수 있다. 인간은 주체적인 자유를 원하는 존재니까. 나태주 시인의 「풀꽃 3」은 누구나 내 삶의 주인공으로 잘살아 보라는 시인의 응원 메시지 같다. 기죽지 말고 살아 보란다. 나만의 꽃을 피워보란다. 그렇게 내 삶을 살다 보면 세상이 다 좋아질 거라고 시인은 말한다. 마음이 따뜻해지는 시다. 나는 누가 뭐래도 내 삶의 주인공이다.

6

삶은 과정도 명상이다

어느 날 조용한 거실에 앉아 있을 때 시간이 멈춰진 것 같은 느낌을 한 번쯤은 받아 본 적이 있을 것이다. 주위가 낯설어지면서 들리지 않았던 시곗바늘의 째깍거리는 소리가 크게 들려오던 경험도 있을 것이다. 거실에 걸려 있는 액자의 그림이 처음 보는 것처럼 보이던 날도 있었을 것이다.

지금 여기서 내가 느낄 수 있는 것을 처음처럼 낯설게 느껴 보는 것은 명상의 시작이다. 명상은 거창한 것도 별난 것도 아니다. 지금, 이 순간에 들리고 보이는 것을 잘 느끼는 것이다. 현재를 놓치지 않고 알아차리기로 마음먹는 것이다. 멀리서 들려오는 자동차 소리, 사람들의 말소리, 위층에서 들려오는 층간소음 등 주위에서 들려오는 소리는 잘 들린다. 하지만 정작 들어야 하는 소리는 잘 듣지 못하고 그냥 지나치는 경우가 종종 있다. 너무 익숙해서 들리지 않는 것일까? 내 안에서 들리는 소리,

고요함 속에 들리는 정적의 멍한 소리…….

　우리의 생각은 자주 멀리 떠돌아다닌다. 하루에 반은 생각이 다른 데로 가 있다. 하루의 반은 딴생각을 한다는 말이다. 오죽하면 '몽키 마인드'라고 하겠는가? 끊임없이 이 생각 저 생각이 떠올랐다가 사라진다. 생각이 멀리 가 있는 것은 집을 비우고 출장을 가는 것과 같다고 한다. 출장을 가면 집에서 일어나는 일은 알지를 못한다. 아주 중요한 일이 집에서 일어날 때도 말이다. 또한 집에 도둑이 들어와도 모르게 된다. 유행가 가사처럼 '내 마음 나도 모른다.'가 되지 않을까?

　시간을 정해 놓고 명상하고 명상이 끝나면 내게 일어났던 생각을 적어 본 적이 있었다. 짧은 시간에 얼마나 많은 생각들이 들어 왔다가 나가는지 놀랐다. 오랜 세월을 알아차리지 못하고 그렇게 살아왔다. 하여 생각을 일으키지 않고 집중하기는 쉽지 않다. 지금 여기에 생각을 붙잡아두면 어느새 나도 몰래 멀리 달아나 버린다. 심지어는 생각이 지금 여기에 있지 않다는 것조차 알아차리지 못하는 경우도 비일비재하다. 명상의 근본은 알아차림이다. 자꾸 내 생각이 달아난다고 해도 친절하게 지금, 이 순간으로 데려온다. 열 번 아니 백번이라도 지금으로 데려오는 연습을 해야 한다. 비난하지 말고 친절하게 현재로 데려와야 한다. 현재를 잘 살아야 미래도 있으니까. 인도의 철학자이자 명상가인 라지니쉬는 현재를 살라고 말한다.

"과거에 대해 생각하지 마라. 미래에 대해 생각하지 마라. 단지 현재에 살라. 그러면 모든 과거도 모든 미래도 당신의 것이 될 것이다."

큰 것은 의도를 내지 않아도 잘 보인다. 작은 것은 자세히 보아야 보인다. 명상은 명상하는 과정도 명상이다. 지금 작은 것을 알아차리려는 의도를 냈다면 명상에 한발을 들여놓은 것이다. 오감에서 느껴지는 것들을 관찰하는 명상도 있다. 어떤 생각이 들어오던 내 안을 관찰만 한다. 이것이 마음을 챙기는 명상이다. 명상은 집중 명상과 마음 챙김 명상이 중복된다. 어떤 명상을 하든 차분하게 집중하고 알아차린다면 그것이 명상이다.

명상하면 복잡했던 생각들이 하나하나 가지가 잘려 나가며 단순해진다. 정리된 생각 사이로 여유가 들어오게 된다. 확 바뀐 것은 없는데 뭔가 내가 바뀌어 가고 있는 것을 느낄 수 있다. 가랑비에 옷 젖는 줄 모른다는 말이 있다. 명상은 스며드는 것이다. 기분 좋게 스며드는 것이다. 들리는 소리, 보이는 것, 느끼는 것 하나하나가 모두 명상의 대상이다. '일상이 명상이다.'라는 말이 너무도 실감이 난다. 명상이 습관이 되면 따로 시간을 내서 명상할 필요가 없다. 매 순간 알아차리고 깨어 있으면 온 일상이 명상이 된다.

불교 서적 『대념처경』에서는 네 가지의 알아차림의 대상에 대해 말한

다. 몸·느낌·마음·심리 현상(법)을 알아차리라는 것이다. 특히 알아차림
을 몸 전체에 의식을 두고 하라고 강조한다. 순간순간을 알아차리고 한
시도 의식이 다른 곳으로 달아나지 못하게 하라는 말이다,

'행주좌와(行住座臥) 어묵동정(語默動靜)'이라는 말도 같은 맥락의 말이
다. 걸어가면 '걸어간다.'라고 알아차리고, 서 있으면서 '서 있다.'라고 알
아차린다. 앉아 있으면서 '앉아 있다.'라고 알아차리고, 누워 있으면 '누
워 있다.'라고 꿰뚫어 알아차리라는 말이다. 또한 말하고, 침묵하고, 움
직이고, 가만히 있을 때조차 일상의 모든 행위를 관(觀)하라는 말이다.
살아가는 모든 순간을 항상 깨어 알아차리라는 말이다. 우리가 살아가
는 하루하루를 명상으로 살라는 말이다. '일상이 명상이다.'라는 말이 실
감이 난다. 명상은 삶의 과정 하나하나가 명상이다.

7

나는 바람이고 구름이고 꽃이다
(나는 누구인가? 명상 Ⅱ)

　나는 누구인가? 자신에 대한 물음은 누구나 한 번쯤은 해 보았을 것이다. 나는 어디에서 왔으며 어디로 가는지 그 근원적인 물음에 답을 찾으려고 했을 것이다. 틱낫한 스님은 구름에서 종이를 보라고 말한다. '그것이 없으면 이것이 없고, 이것이 없으면 저것도 없다'라는 연기(緣起)법으로 설명한다. 오늘의 나는 모든 존재와 물질과 연결이 되어 생명을 유지하고 사는 존재라는 것이다. 따라서 나란 독립적인 존재는 없다는 것이다. 나는 나이면서 구름이고 바람이고 햇볕이다. 그 무엇 하나 없으면 나는 존재하지 못한다. 나는 온 우주와 연결되어 있고 모두와 관련되어 있다.

　궁극적으로 나를 만든 원소와 만물의 원소는 같다. 또한 원소의 근본은 알갱이가 아니라 속이 텅 비어 있는 '공'의 상태라는 것이다. 그런 시각에서 본다면 나는 바람 같은 존재요 꽃 같은 존재이다. 마음이 열려 있고, 무엇에도 얽매여 있지 않다. 모든 것을 받아들일 수 있고 어떤 것과도 연결될 수 있는 존재이다. 사는 데 아등바등할 필요도 없고 성을 낼 필요도 없다.

나는 누구인가? 나는 바람이고 꽃이고 구름이다. 여기에도 있고 저기에도 있고 보이지 않을 수도 있다. 나는 누구인가? 구름에서 꽃을 볼 수 있는 존재이다. 꽃처럼 바람처럼 가볍게 살다 가면 되지 않을까?

'나는 누구인가?' 명상 II 멘트 예

· 허리 펴고 고개는 똑바로 앞으로 향합니다.

· 편한 자세로 앉아 눈을 살포시 감습니다.

· 숨을 크게 들이마시고 내쉽니다.

· 숨을 들이마시며 우주와 연결된다고 생각합니다,

· 숨을 내쉬면서 우주와 소통한다고 생각합니다.

· 세 번 숨을 들이마시고 내쉽니다.

· 세 번 반복하여 복식호흡을 한 다음, 자연스러운 호흡을 합니다.

✦✦✦

· 나는 누구인가?

· 나는 구름이고 바람이고 햇볕입니다.

- 내 안에는 모든 것이 들어 있습니다.

- 어느 것 하나 없었다면 나는 존재하지 않았을 것입니다.

✦✦✦

- 나는 구름인 동시에 나무이기도 합니다.

- 구름을 보면서 꽃을 볼 수 있다면 우리는 무엇이든 볼 수 있습니다.

- 어떤 것이든 하나와 연결되면 우리는 모두와 연결이 됩니다.

- 우주와 연결됩니다.

- 눈에 보이지 않는다고 없는 것이 아닙니다.

- 우리는 모두와 연결이 되어 있습니다.

- 나는 나이기도 하지만 구름이기도 하고 바람이기도 하고 지는 낙엽이기도 합니다.

- 또한 다른 존재이기도 합니다.

✦✦✦

- 나는 나를 둘러싸고 있는 많은 존재와 연결되어 생명을 유지하고 있습니다.

- 구름을 보면서 꽃을 보는 사람은 행복한 사람입니다.

- 무엇에 매여 있는 사람이 아닙니다.

- 마음은 열려 있고 열려 있는 공간으로 무엇이든지 품을 수 있는 사람입니다.

- 나를 스쳐 지나가는 사람에게도 다 이유가 있습니다.

- 나는 그 인연의 소중함을 알고 미소 지을 수 있는 사람입니다.

- 나는 사람을 보면서 꽃을 볼 수 있는 사람입니다.

- 내 안에는 모든 것이 있기도 하고 사라지기도 합니다.

- 나는 바람이고 구름이고 꽃입니다.

5장 명상, 내 삶이 꽃피는 시간

참고도서

고요의 힘 (틱낫한, 소수출판사)

꽃은 우연히 피지 않는다 (지장, 책읽는 수요일)

나는 누구인가 (라마나 마하리쉬, 청하)

나는 명상하는 사람입니다 (은종, 티움)

나를 비우는 8주 시간 (마크 윌리엄스, 대니 펜맨, 불광출판사)

내 마음을 챙기는 실전 명상 (남일희, 북랩)

내가 나를 치유하는 시간 (김주수, 프로방스)

네 가지 마음 챙기는 공부 (각묵스님, 초기불전연구원)

달라이라마, 명상을 말하다 (달라이라마, 담앤북스)

대념처경과 위빳사나 명상 (정순일, 운주사)

도표로 읽는 명상 입문 (김말환 글/배종훈 그림, 민족사)

명상 인문학 (김승호, 다산초당)

일상이 명상이다

마음 다루기 수업 (혜안 스님, 싱긋)

마음은 사라지지 않는다 (틱낫한, 알에이치코리아)

틱낫한 스님의 마음 정원 가꾸기 (틱낫한, 판미동)

마음챙김 긍정심리 훈련(MPPT) 워크북 (김정호, 불광출판사)

마음챙김 명상 멘토링 (김정호, 불광출판사)

마음챙김 확립 수행 (아날라요 비구, 불광출판사)

명상에 대한 거의 모든 것 (지오반니 딘스트만, 불광출판사)

명상의 정신의학 (안도 오사무, 민족사)

명상이 이렇게 쓸모 있을 줄이야 (가토 후미코, 비즈니스북스)

명상하라 (문진희, 수오서재)

모든 발걸음마다 평화 (틱낫한, 불광출판사)

맨주의(bare attention) 알아차림으로 지혜를 찾아가는 과정 (구치모, 산지니)

반복명상 (게르트 슈낙, 헤르만 라우에, 지혜의나무)

발밑에 꽃 핀줄도 모르고 (걀왕 드룩파, 다른세상)

불안을 다스리는 10분 명상 (자크 드 쿨롱, 아름다운사람들)

사념처 명상과 참선수행 (여의주, 운주사)

삶을 바꾸는 5가지 명상법 (오상목, 불광출판사)

알아차림 명상 (권수련, 아힘사)

왓칭 1 (김상운, 정신세계사)

왜 마음챙김 명상인가? (존 카밧진, 불광출판사)

참고도서

중도란 무엇인가 (틱낫한, 사군자)

지금 이 순간 그대로 행복하라 (틱낫한, 더난출판사)

최상의 행복에 이르는 지혜 (틱낫한, 싱긋)

틱낫한 명상 (틱낫한, 불광출판사)

틱낫한 인터빙 (틱낫한, 불광출판사)

커넥트 (이승헌, 한문화)

하루 한 장 마음챙김 (루이스 헤이, 니들북)

행복한 교사가 세상을 바꾼다 (틱낫한, 캐서린 위어, 해냄)

호흡 마음챙김 명상: 초기 불교 문헌과 수행법 안내 (아날라요 비구, 지식과감성)

호흡 마음챙김 확립 수행 (아날라요 비구, 불광출판사)

화: 마음의 불꽃을 식히는 지혜 (틱낫한, 운주사)

흔들릴 줄 알아야 부러지지 않는다 (김정호, 달콤북스)

일상이 명상이다